小説
原子力規制官僚の理《ことわり》
——火山リスクに対峙して

松崎忠男

原子力規制官僚の理《ことわり》　目次

原子力規制官僚の理《ことわり》

この作品はフィクションであり、実在する人物・地名・団体・施設などとは一切関係ありません。

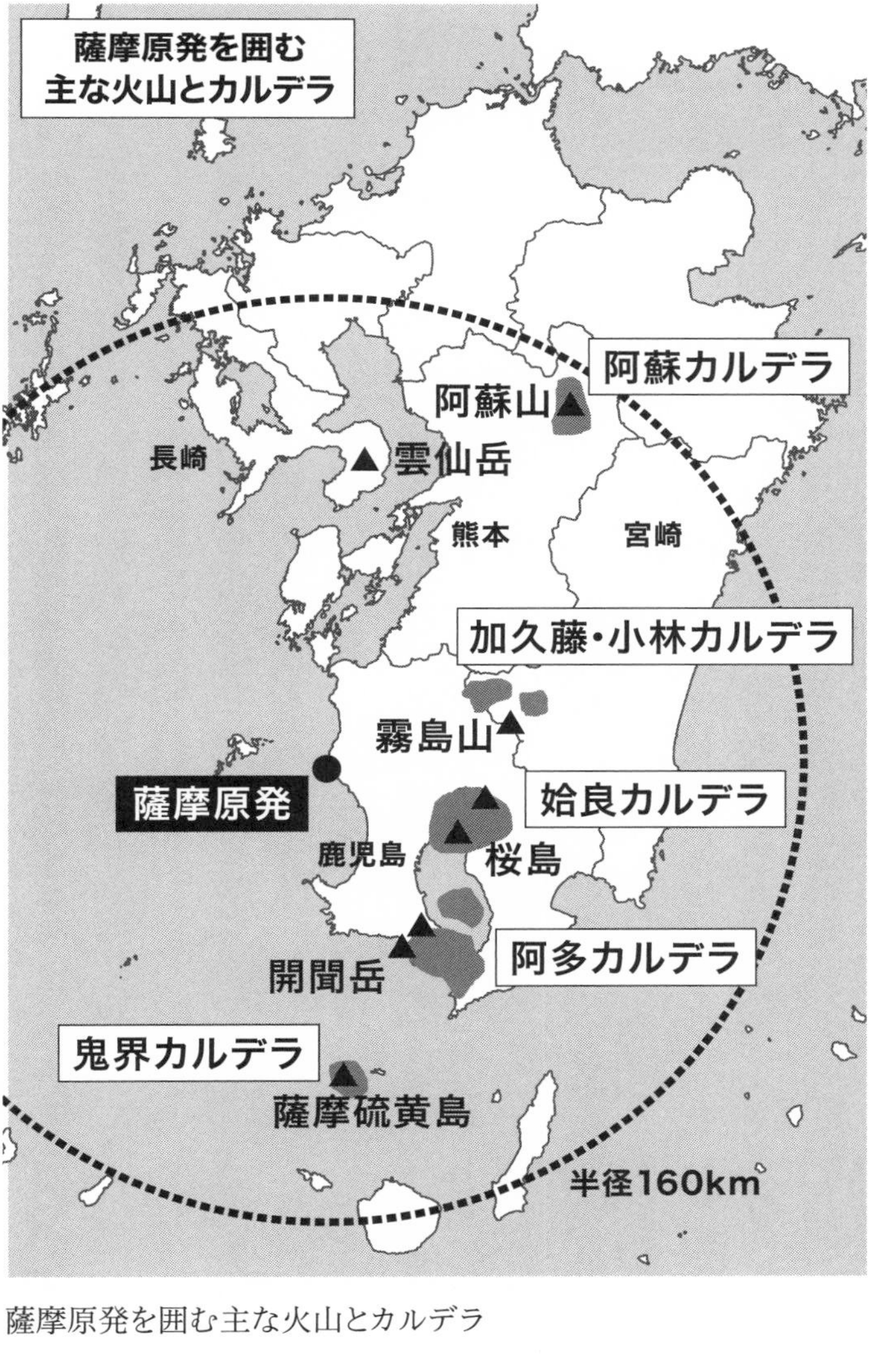

薩摩原発を囲む主な火山とカルデラ

第一章　人事異動

1

令和六年九月二日、月曜日――
五十嵐隼人《いがらしはやと》は東京メトロ日比谷線を神谷町駅で下車し、原子力規制庁に向かった。原子力規制庁は、原子力規制委員会の事務局で、中央官庁が居並ぶ千代田区霞が関ではなく、六本木ファーストビルに入居している
徒歩十分で到着すると、エレベーターで四階に上がり、長官室に直行した。辞令交付が九時半に予定されていたからだ。控室には、数名がすでに待機していた。本日付の人事発令を受ける者たちだ。
五十嵐隼人、四十七歳。原子力を専門として公務員になり、経済産業省（通称「経産省」）を経て十年余り前に原子力規制庁に移籍し、以来、原子力発電所の安全審査に従

事してきた技術官僚だ。

「五十嵐隼人、統括企画調整官を命ずる」

原口浩司《はらぐちこうじ》長官が辞令を読み上げた。

「新設ポストだからね。しっかり頼むよ」

低頭しながら辞令を受け取る五十嵐に、原口は囁《ささや》いた。

長官室をあとにして、まず、委員の先生方の個室を順番に挨拶して回った。

原子力規制委員会は委員長と四人の委員の計五人で構成されている。名前は委員会だが、普通の諮問委員会とは異なり、公正取引委員会などと同じく、法の執行権限を持った組織だ。

事務局の原子力規制庁は、トップの長官以下、次長、長官官房と規制部とからなり、総勢約一二〇〇名の職員を擁する。

委員への挨拶を終えると、庁内幹部を順番に回り、最後に、直属の上司である早川一彦《はやかわかずひこ》規制部長の部屋をノックした。

早川の執務机に歩み寄り、

「本日付で、統括企画調整官を拝命しました。引き続きよろしくお願いします」

これまで安全審査管理官として早川に仕えてきたので、これからも上司部下の関係は変わらない。

早川はキーボードを打つ手を止め、ソファに移動した。

早川は五十嵐の十年先輩に当たる。経済産業省の前身の通商産業省に入省し、経済産業省勤務を経て、原子力規制庁発足と同時に移籍した。

「国会や訴訟対応をやってもらうからね」

「ええ、承知しています」

一週間前に内示を受けたときに告げられていた。

統括企画調整官は、国会や訴訟絡みの対応を強化する必要があるということで、新たに設置された。直属の部下はいないが、必要に応じ関係部署から支援を得られるよう申し合わせがなされていた。

「ウチは他省庁と交流が少ないやろ。だから外部からあまり情報も入らない。君にはそのあたりの殻を打ち破ってもらいたい。自由に動き回ってもらっていいよ」

原子力規制委員会は、福島第一原子力発電所の事故への反省から、経済産業省資源エネルギー庁原子力安全・保安院を廃止し、それまでの原子力安全規制に関わる組織を整理統合して発足した新しい官庁だ。それまで、原子力利用の推進と安全規制の双方とも経済産業省で行われていたが、安全規制部門を推進部門から切り離し、環境省の外局として平成二十四年に発足した。

発足時は原子力安全・保安院と内閣府原子力安全委員会が統合し、のちに経済産業省所管の独立行政法人、原子力安全基盤機構も統合された。

「民自党の近藤孝則《こんどうたかのり》議員って知ってるやろ?」

五十嵐は名前を聞いたことはあるが、それ以上は知らなかった。

「北海道選出のベテラン参議院議員。火山噴火対策議員連盟（通称「火山議連」）の会長さんで、火山噴火の評価は気象庁がやるべきだと言ってるらしい」

火山議連は、政権与党のみならず野党も参加する超党派で、衆参合わせて総勢五〇名余りを数えるという。

「火山噴火は予知できないから原発はまかりならんと短絡した議論をされたらかなわんからな」

早川が言うのも尤《もっと》もだ。そんな理屈を振りかざして原発を止められたらたまったものではない。

「国会対応は経産省時代に慣れてるだろうが、訴訟は初めてやろ?」

「ええ、訴訟関連の仕事は経験ありません」

「福島第一原発事故の集団訴訟は法務室が直接対応するから、君には火山噴火対策を担当してもらう。当面、西南《せいなん》電力の薩摩《さつま》原発だ」

関東電力福島第一原発事故を巡り、避難生活を余儀なくされた住民らから、関東電力と国を相手取り損害賠償を求める集団訴訟が続いていた。国は、関東電力への規制権限の行使を怠った点などに違法性があるとして損害賠償を求められていた。

一方、原子力発電所の再稼働の是非を巡っては、全国各地で訴訟が乱立し、運転差し止めを求める民事訴訟では、仮執行を申し立てるケースが相次いでいた。

「法務室からよくレク受けといて」

官房総務課には法務室が置かれ、総務課長が室長を兼務している。

早川は、テーブルに置かれた団扇《うちわ》を手に取ると、開襟《かいきん》シャツの襟元《えりもと》を摘まんで、風を送り込んだ。

早川への挨拶を終え、新しい執務机に向かった。今度の席は、規制部の大部屋の一番奥の窓際だった。

窓の外には、虎ノ門、霞が関方面の高層ビル群が聳《そび》え立っていた。

2

「統括、ご説明に伺いました」

執務机の脇の引き出しを整理していると、背後から声がした。

振り返ると、法務室の鎌田敦《かまたあつし》補佐と火山担当の内山幸恵《うちやまゆきえ》安全審査専門員が、資料を小脇に抱えて立っていた。

鎌田は三十代半ばで、法務室に長く在籍する訴訟のベテランだ。

内山は国立大学の理学部地学科で博士課程を修了し、原子力規制庁に入って四年目の若手だ。専門は岩石学で、地震・津波の審査グループに所属し、研究グループを兼務している。

「所管事項説明？」

「はい、そうです」と鎌田。

五十嵐の執務机の前に据《す》えられた打ち合わせ用のテーブルで向かい合った。

鎌田はA3サイズの大きな一覧表を示した。

原子力発電所ごとに原子炉をリストアップした表だ。それぞれの原子炉の訴訟の状況が記されていた。

「随分あるね」

「三つも四つも訴訟を抱えた原発もありますから」

鎌田は苦笑いした。

「BWRもあるの？」

「ええ、最近増えてきました」

「それだけ再稼働が進んできたということだな」

日本の商業用原子炉は、沸騰水型軽水炉（BWR：Boiling Water Reactor）と加圧水型軽水炉（PWR：Pressurized Water Reactor）に大別される。

BWRは原子炉の中で水を沸騰させて蒸気を作り、その蒸気で直接タービンを回す方式で、主に東日本にある原子力発電所で採用されている。福島第一原発は、この型の原子炉だ。

一方、ＰＷＲは原子炉内の圧力を高くすることで水を沸騰させずに熱湯にして蒸気発生器に送り、別の系統の水を蒸気に変えタービンを回す方式だ。このタイプは西日本の原子力発電所で多く採用されており、東日本大震災後の再稼働ではＢＷＲに先行した。

「星印のついているのは、仮執行の申し立て？」

「そうです」

「これだけ多いと電力会社も大変だ。なんとかならないもんかな」

仮執行の申し立ては、本案訴訟の結論を待っていては著しい損害が生じる恐れがあるとして、仮の地位を定める制度だ。申し立てが認められると、通常の判決とは異なり直《ただ》ちに効果が発生するので、電力会社にとって大きな経営リスクとなっている。

「行政訴訟のほうは、今のところ、西南電力と畿内《きない》電力になります」

行政訴訟は、事業者に運転差し止めを求める民事訴訟と異なり、原子力発電所の安全対策などに問題があるとして、設置（変更）許可した処分などの取り消しを国に求める訴訟だ。

「統括には、西南電力薩摩原発の設置変更許可取消訴訟を担当いただけると法務室長から聞いています。そういう理解で間違いありませんか？」

「うん、そういうことらしいね。じゃあ、説明を聞こうか」

薩摩原子力発電所は出力八九万キロワットのPWRを二基擁し、一号機は昭和五十九年、二号機は昭和六十年に営業運転を開始した。福島第一原発事故後は、平成二十七年に新規制基準下で再稼働一番乗りを果たした。

「運転差し止め訴訟は、平成二十四年五月鹿児島地裁に提訴、令和二年三月住民側敗訴。翌月、福岡高裁宮崎支部に控訴、これまでに八回口頭弁論が開かれています」

「仮処分は？」

「仮処分の申し立ては平成二十六年五月、平成二十七年四月却下、翌月、福岡高裁宮崎支部に即時抗告、平成二十八年四月に却下されています。原告は、最高裁への特別抗告は断念しました」

「なぜ特別抗告しなかったんだろう？」

不思議に思って訊《き》くと、鎌田は、

「最高裁で負けると、その後の下級審の審理に響くからだと思います」

「なるほどー。ということは、原告は本気で裁判に勝とうとは思っていないんだな」

「裁判に勝つというより原発を少しでも止めることに主眼があるのだと思います」

「酷《ひど》いね」

五十嵐は思わず舌打ちした。瀬戸内電力や畿内電力で仮処分の申し立てが認められ運転停止するのを何度も目にしてきたが、そのたびに強い憤りを覚えた。電力会社は、司法のルールの下で為《な》すすべなく翻弄《ほんろう》され続けていた。

「行政訴訟のほうは？」

「平成二十八年六月福岡地裁に提訴、令和元年六月に住民側敗訴。同月、福岡高裁に住民側が控訴、これまでに五回口頭弁論が開かれています。次回は十一月十四日、竹岡《たけおか》先生が控訴人側証人として証言します」

竹岡弘明《ひろあき》、六十四歳。T大学地震・火山研究所教授で、日本火山学会会長、火山噴火予知連絡会会長を歴任している。我が国を代表する火山学者の一人で、原子力との関わりが長い。

五十嵐は原子力規制庁に来て間もない頃、庁内で何度か見かけたことはあるが、最近は目にしていなかった。

「どうして竹岡先生が控訴人側の証言をするの？」

「詳しいことはわかりませんが、ウチと意見の衝突があったと聞いています。それで、今は規制委員会関係の役職には一切就いていません」

何か事情がありそうだが、幹部に聞かないとわかりそうもなかった。

「で、訴訟の争点が火山噴火というわけだな。九州は火山が多いからな」

「多くありませんよ」

それまで横で聞いていた内山が口を挟んだ。

「数から言えば、北海道から東北、それから甲信地方を経て伊豆諸島方面に至る地帯が多いですよ」

我が国には、現在一一一の活火山があるが、九州には、阿蘇山、霧島山、桜島、薩摩硫黄島、口永良部島《くちのえらぶじま》など大規模な火山が多いものの、数は一七で多くないという。

「これが控訴理由書です」

鎌田は分厚い資料を差し出した。パラパラとめくると一〇〇頁《ページ》を優に超え、文字がぎっしり詰まっていた。

「ポイントは何?」

「適合性審査で火山専門家の意見が十分に反映されておらず、従って判断や評価に誤りがあるとして具体的に指摘しています」

適合性審査とは、原子炉の設置（変更）許可の審査に当たって、新規制基準に適合しているかどうか審査することだ。

「ところで、火山にはガイドラインがあったよね？」

内山が差し出した『原子力発電所の火山影響評価ガイド』を手にしたとき、五十嵐はなんだか懐かしい気がした。

「初めてこれができたとき、なかなか理解できなくてね」

火山影響評価ガイドは、原子力規制委員会が二〇一三年七月に策定した発電用軽水型原子炉の新規制基準の一つで、それまで火山には基準としてまとまったものはなかったのだ。

「よく読んでくるから、レクはそれからにしよう」

五十嵐は所管事項説明を切り上げて、まだ異動の挨拶をしてない人を個別に回った。

3

翌々日──

五十嵐は、出勤途上、東京メトロ千代田線霞ケ関駅で途中下車し、C1番出口より地上に出た。祝田《いわいだ》通りを日比谷公園を右手に見ながらお堀に向かって進むと、やがて左手に司法関係の高層ビル群が見えてくる。一番先の皇居寄りの庁舎が法務省だ。

五十嵐は経済産業省に入省して以来、大抵の省庁は訪れたことがあるが、法務省にはこれまで一度も足を踏み入れたことがなかった。

訴訟を担当することになった旨を伝えるための挨拶だった。国が訴えられる行政訴訟では、法務省が国の代理人の役割を務める。今後、薩摩原発の設置変更許可取消訴訟でやりとりすることになる。

一階ロビーの受付の女性に、訟務局の河井真一《かわいしんいち》検事の名前を告げると、女性は受話器を取った。まもなく、黒縁眼鏡をかけたボタンダウンシャツ姿の男性が現れた。五十嵐と同じ年恰好のようだ。

「河井です」

「五十嵐です。はじめまして」

名刺を交換したあと、二階の部屋に案内された。

窓のない殺風景な部屋に、ソファとテーブルが置かれていた。

ソファに腰を下ろし、テーブルを挟んで向かい合った。色白の顔にボストンタイプの眼鏡、インテリ風の雰囲気が滲《にじ》み出ていた。

行政訴訟では、裁判官が法務省に出向し、訟務検事として国の代理人になるケースが多い。法務省は検察官の集まりで、民事訴訟や行政訴訟の経験がないからだ。河井もその例に漏れず、一昨年七月に裁判官から法務省訟務局に出向し、訟務検事に就いたという。

「私は以前、中京電力御前崎原発の運転差し止め訴訟を担当したことがあるんですよ。主任裁判官として判決の原案を書きました。でも、原発訴訟はもうこりごりです。とにかく、負担が半端じゃないですから」

河井は笑みを浮かべながら言った。

法務室の鎌田補佐から、河井の略歴や人となりをあらかじめ聞いていたが、言われた通り、気さくな感じの人だ。

「原子力は専門分野が膨大でしょ。規制庁でも審査官は自分の専門分野のことで精一杯ですけど、裁判官はそれを一人でこなすわけでしょう？」

「そうですね。三人の合議で審理するわけですけど、判決を分担して書くわけにもいかず、結局、一人で全部やることになりますね」

河井はお茶を一口飲んで、背凭《せもた》れに身体を預けた。

五十嵐もお茶を一口啜《すす》った。

「原発裁判は東日本大震災で大きく変わりしましたねー」

河井が話題を変えた。

「と、言いますと？」

「以前と比べると、原告側は組織立って訴訟を戦略的に展開しています」

「原発訴訟の一覧表を見たとき、数の多さもさることながら、仮処分申請がやたらと目につきましたが、それも戦略の一環かもしれませんね」

「それら一連の訴訟の仕掛け人が薩摩原発訴訟の弁護団共同代表の桧垣憲治《ひがきけんじ》です。彼は……」

元判事で七十三歳の桧垣は、原発訴訟弁護団連合会の共同代表を務める。かつて北越電力の能登原発一号機の運転差し止め訴訟で原告勝訴を言い渡したという。その後、家裁に異動となるが早期退職し、今は脱原発訴訟の顔としてマスコミにもたびたび登場する。

「元判事がそこまでする動機は何ですか？」

「さあー、どうでしょうかねー」

河井は苦笑いを浮かべた。

「左遷されたことで、裁判所に恨みでも抱いているんですか？」

河井は遠い目をして独り言のように、

「原告勝訴の判決を下せば、ペナルティを課されることは十分認識していたはずですからね……。それがわかっていても、良心に従って下した判決が原告勝訴だったのか、それとも、原発裁判であえて国を負かす判決を下したのか」

河井は、そう言うと口を閉ざした。やがて、五十嵐に顔を向けて、

「やはり後者でしょうね。彼は個々の訴訟の勝ち負けよりも、仮処分の申し立てを乱発することで、司法に一矢《いっし》報いたいんでしょう。原告のためというより、自分の欲望を満たすために、原告団を焚《た》きつけているような気がします」

五十嵐は、この日、異動の挨拶に伺ったつもりだったが、原発訴訟の裏事情を垣間見たような気がしていた。

4

週末の午後――

昨日までで挨拶回りも終わり、五十嵐は作業机で内山と向かい合い、火山影響評価ガイドの説明を受けていた。家に持ち帰って事前に目を通していたので、一通り理解の上、説明に臨んでいた。

「火山影響評価は、このように立地評価と影響評価の二段階で行います」

内山が評価の手順を示すフローチャートを指しながら言った。

立地評価とは原発をそこに立てられるかどうかを評価すること、影響評価とは原発運用期間中（四〇～六〇年）に生じ得る火山現象に対し、設計あるいは運用で対応できるかどうか評価することだ。

「まず立地評価ですが、原子力発電所から一六〇キロメートル圏内の第四紀に活動した火山を抽出します。そのうち、完新世《かんしんせい》に活動した火山は無条件で個別評価の対象となります」

第四紀とは、かつて洪積世《こうせきせい》と言われていた地質時代で、二五八万年前から現在までを指す。完新世は、第四紀のうち最も新しく一万一七〇〇年前から現在までを指し、かつて沖積世《ちゅうせきせい》と言われていた時代だ。

「完新世に活動がない火山は、第四紀の噴火時期、噴火規模、活動の休止期間を示す階段ダイヤグラムを作成して、より古い時期の火山活動を評価して、個別評価に進むかどうか決めます」

階段ダイヤグラムとは、縦軸に噴出量、横軸に時間を取ったグラフで、噴出規模や噴出時期を予測するのに使われる。

「どう評価するの？」

「例えば、最後の活動終了からの期間が過去の最大休止期間よりも長い場合など、将来の活動可能性が十分低いと考えられる場合は、噴火はないものと評価します。そして、活動可能性が否定できない場合は、設計対応不可能な火山事象が運用期間中に原発敷地に到達する可能性について評価します」

「設計対応不可能な火山事象とは?」

「火砕流《かさいりゅう》や地殻変動などです」

火砕流とは、高温の火山灰や岩塊《がんかい》、火山ガス、空気や水蒸気が一体となって山体《さんたい》斜面を流れ下る現象だ。

「ところで、一六〇キロメートルという数字の根拠は?」

「これまで日本国内で起こった火山噴火で、最も遠くまで影響が及んだとされる距離です。具体的には、約九万年前の『阿蘇四』と呼ばれる噴火です」

「なるほど、納得。唐突に一六〇キロメートルと出てくるので何だろうと思っていた」

その後、ガイドの説明が一通り済んだところで、一旦ブレークした。

五十嵐は規制部の大部屋を出ると、自販機コーナーでコーヒーを飲みながら一息入れた。帰り際、早川部長の在室を示す緑色のランプが点《つ》いていたので、立ち寄ってみた。竹岡が控訴人側証人となった事情について、早めに尋ねておきたかったからだ。

早川はパソコンに向かって忙しそうにしていた。

「部長、ちょっとよろしいですか?」

画面を見つめたままだ。

「T大地震・火山観測センターの竹岡教授ご存知ですよね」

「うーん?」

「今度、控訴人側の証人に立つそうじゃないですか」

そこまで言うと、早川はやっとキーボードを打つ手を止め、五十嵐に顔を向けた。

「そうらしいね」

やはり早川は知っていた。辞令を持って挨拶に伺ったとき話してくれればよかったのに。触れられたくない事情でもあるのだろうか。

早川は椅子の背凭れに身体を預けると、大きくため息をついた。

「まあ、JEAG《ジェアッグ》指針の頃からずっと原子力に関係してきた人だから、そう無茶な証言はしないと思うけどどな」

JEAG指針とは、日本電気協会が二〇〇九年に制定した『原子力発電所火山影響評価技術指針（JEAG四六二五―二〇〇九）』のことだ。のちに原子力規制委員会の『火山噴火影響評価ガイド』のたたき台となったという。

「昔は火山噴火予知の可能性について前向きなスタンスだったんだよ。だから、原子力業界も竹岡さんを頼りにしてきたわけで、本人もそれは自覚していたはずだよ。しかし、東日本大震災を境に、火山学者は軒並み噴火予知に慎重になったやろ。竹岡さんもそれに抗しきれずに、宗旨《しゅうし》替えしたんだよ。当時の竹岡さんの発言を拾い出してみな」

「そういうことですかー」

次回の口頭弁論に向け、検討の糸口が見えてきた。

執務室に戻って火山のレクチャーを再開した。

内山は、『薩摩原子力発電所の火山影響評価について』と題した資料を差し出した。

「まず、検討対象火山の抽出ですが、文献調査や地形・地質調査により、薩摩原発から半径一六〇キロメートルの範囲で第四紀に活動歴のある火山として三九個抽出しました。それが次の頁になります」

頁をめくると、評価結果が一覧表にまとめられていた。

個々の火山ごとに、活動時期、完新世での活動の有無、将来の活動可能性の有無が記され、ところどころ赤の丸印が記されている。

「印のついた火山が全部で一四個あります。これら一つひとつについて将来の活動可能性を評価します。特に重要なのが、阿蘇、加久藤《かくとう》・小林、姶良《あいら》、阿多《あた》、鬼界《きかい》の五つのカルデラ火山で、噴火規模の綿密な検討を行っています」

「具体的にどう検討したの？」

「噴火履歴の特徴などから、長岡の噴火ステージ説に照らし合わせて、現在がどの噴火ステージなのか評価し、その噴火ステージにおける最大規模の噴火が起こるものと想定します」

長岡の噴火ステージ説とは、加久藤・小林、始良、阿多のカルデラが連なる鹿児島地溝の噴火史の論文で、噴火ステージを次の四段階に分類している。
一　プリニー式噴火ステージ
二　破局的噴火ステージ
三　中規模火砕流噴火ステージ（破局的噴火時の残存マグマによる火砕流噴火が発生）
四　後《ご》カルデラ火山噴火ステージ（多様な噴火様式の小規模噴火が発生）
プリニー式噴火とは、大量の火山礫《れき》・火山灰を含んだ噴煙柱《ちゅう》が上空一万～数万メートルまで立ち上るような爆発的な噴火だ。珪酸《けいさん》を豊富に含んだ粘り気の多い溶岩質の火山で発生しやすく、我が国に多いタイプだ。

続いて、個々のカルデラ評価に移った。

「まず、阿蘇カルデラですが、過去二十七万年間に四回、超巨大噴火を起こしていて、先ほど言いました阿蘇四が直近の噴火になります。九州の三分の二が火砕流で覆《おお》い尽くされ、一部は瀬戸内海を渡って山口県の秋吉台や愛媛県まで達したようです」

「伊予原発の民事訴訟で、かつて阿蘇山の火砕流が原発まで到達したというのは、阿蘇四によるもの？」

「ええ、そうです」

伊予原発は、周辺各県の地裁や高裁から運転差し止めの仮処分申請が相次ぎ、一度ならず原発停止を余儀なくされていた。

「豊後水道を越えたわけ？　火砕流は海に流れ込むと、そこでストップするんじゃないの？」

「いいえ、海水面上を突き進むこともあります。火山灰や軽石は噴き上げられたあと降下火砕物となって凄《すさ》まじい勢いで地表面に突き当たります。だから、四方八方に拡散するんです」

「阿蘇カルデラに続いて、加久藤・小林カルデラ、始良カルデラ、阿多カルデラと進み、最後が鬼界カルデラです」

鬼界カルデラは、薩摩半島から数十キロメートル南に位置する海底カルデラだ。東西約二一キロメートル、南北約一八キロメートルの楕《だ》円形をしており、薩南諸島北部にある薩摩硫黄島と竹島はカルデラの北縁に当たる。カルデラは、約七三〇〇年前のアカホヤ噴火で形成された内側のカルデラと、それ以前に形成された外側のカルデラの二重となっている。カルデラ底部の水深は四〇〇〜五〇〇メートル、海底には多数の海底火山があり起伏に富んだ地形になっている。

「……鬼界カルデラも他のカルデラと同じように、現在のマグマ溜《だま》りは破局的噴火直前の状態ではなく、後カルデラ噴火ステージが継続するものと評価されています」

「鬼界はいつカルデラ噴火が起きてもおかしくないと言う学者がいるよね？」

「ええ、海洋研究所の大山《おおやま》さんです。アカホヤ噴火は最新のカルデラ噴火なので、何かと注目されるみたいですね」

海洋研究所は、海洋科学をはじめ関連する地球物理学などを総合的に研究する文部科学省（通称「文科省」）傘下《さんか》の国立研究開発法人だ。

内山の的確な説明にだいぶ理解は進んだが、いま一つしっくりこない点があった。現在の科学水準では、噴火の予知はできないとよく耳にするが、そうした考えと随分距離があるような気がするからだ。今日聞いた話は、専《もっぱ》ら役所側の論理であって、火山学者を相手に通用しないのではないか。内山に疑問をぶつけてみた。

「現在の科学水準では、いつ、どこで、どのくらいの規模で噴火が起きるかは予知できないと言うけど、それは火山学者の総意なの？」

「日本火山学会の提言が元になっています」

平成二十四年、日本火山学会は火山影響評価ガイドの見直しを求める提言を公表した。内山は『巨大噴火の予測と監視に関する提言』と題する一枚紙を示した。ごく当たり前なことが短い文章にして羅列してあった。

「最後の文章が、見直しの根拠です」

――火山影響評価ガイド等の基準では、噴火予測についてはその可能性・限界・曖昧《あいまい》さに関する理解が不可欠であることを十分考慮し、慎重に検討すべきである。――

「随分オブラートに包んだ表現になってるね。これで現在の科学水準では噴火の予知はできないということになるのか……？」

「そのようです。自然現象が相手ですから、火山噴火を予知できるかどうかに絶対はあり得ません」

「ガイドは、これを受けて改訂したんだよね」

「はい、ここをご覧ください」

内山は火山影響評価ガイドを開いて、指差した。


――「火山活動に関する個別評価」は、設計対応不可能な火山事象が発生する時期及びその規模を的確に予測できることを前提とするものではなく、現在の火山学の知見に照らして現在の火山の状態を評価するものである。――


「これは、ガイドの考え方を変えたのではなく、書きぶりを誤解のないように変えたという理解で間違いない？」

「ええ、そういう理解で間違いないと思います」

日本火山学会の提言が火山影響評価ガイドの改訂に繋《つな》がった事情が見えてきた。

5

金曜日の夜とあって、店内はサラリーマンで混み合っていた。

この日、五十嵐は、新橋駅西口広場で経済産業省同期の服部康弘《はっとりやすひろ》と落ち合い、近くの居酒屋に入った。服部は、現在、産業技術環境局技術開発課長をしている。

「通常国会空けに異動になったんだよ」

「俺は九月一日付だ」

「何はともあれ、まずは乾杯しよう」

大ジョッキを鳴らした。

「あー、うまい」

刺身の盛り合わせを注文した。

二人の付き合いは、札幌のH大学バレーボール部で一緒になったときまで遡《さかのぼ》る。セッターの五十嵐はどちらかというと慎重なタイプだが、エースの服部は勝気でそそっかしいところがあった。専門は五十嵐が原子力、服部が機械と異なったが、経済産業省へも同期入省だった。出向や在外勤務などで長く会わないときにも連絡を取り合う仲で、それは五十嵐が原子力規制庁に移ったあとも変わらない。

「仕事は何やってるの？」

「産業技術研究所（通称「産技研」）の所管課なので研究開発全般といったところかな」

産技研は、エネルギー、環境、エレクトロニクス、材料、ライフサイエンスなど、鉱工業技術の幅広い分野をカバーする経済産業省傘下の国立研究開発法人だ。

「産技研は火山の研究やってるだろう？　今度の仕事は火山に関係するんで、一度見学したいな」

「ああ、いつでも言ってくれ。で、五十嵐、お前はどういう仕事なの？」

「統括企画調整官。と言ってもわからないだろうが、要は、国会と訴訟対策だよ」

「それが火山とどういう関係があるの？」

「薩摩原発の設置変更許可の取消訴訟で、火山噴火対策が争点になっているんだよ」

「なるほど。そりゃー、大変だ」

服部は大きく頷《うなず》いた。

「ウチには国会や訴訟のような仕事をこなせそうなのがいないんだよ」

「確かにそうだろうなー。よくわかるよ。原子力規制庁の役人って、融通の利《き》かない堅物《かたぶつ》ってイメージがあるからなあ。実際そうなんだろう?」

服部は五十嵐の顔を覗《のぞ》き込むようにしてからかった。

「俺を除いてな」

二人は声に出して笑った。

「これから西南電力といろいろ関係しそうなので、誰か腹を割って話せそうな人がいたら紹介してくれないか」

「資源エネルギー庁にいた頃に何人か付き合いはあったが……」

服部はしばらく考えたあと、思いついたように、

「早川さんに紹介してもらえよ。あの人なら顔も広いし」

「まさか、そういうわけにはいかないよ」

服部は新人の頃、早川と同じ課に所属したことがあった。

「俺も原子力安全・保安院時代に関わった人はいるが、一〇数年も昔の話だし、お前の人脈を頼りにしてるよ」

「わかった。考えとくよ」

刺身の盛り合わせが出てきた。

五十嵐は鯛の刺身に箸《はし》をつけた。

服部はジョッキに残っていたビールを飲み干し、追加注文した。

「原子力規制庁は発足して何年になる？」

「東日本大震災の翌年だから、ちょうど一回りだよ」

「早いもんだなー。一緒に経産省に入って四半世紀だからちょうど半分だな」

東日本大震災が起きたのは、五十嵐が在仏日本国大使館の一等書記官としてパリに赴任しているときだった。

帰国を三カ月後に控えたある日、経済産業省の人事担当よりメールが届いた。新しく発足した原子力規制庁への移籍の打診だった。原子力の推進と規制を明確に分離するために取られた措置だという。資源エネルギー庁と原子力安全・保安院という原子力の推進と規制を担う組織が、双方とも経済産業省傘下の組織にあることに強い批判があったからだ。

将来、経済産業省に戻ることが約束された出向ではなく、原子力規制庁への片道切符だった。

五十嵐は動揺した。公務員としての後半生が、原子力安全規制という専門分野に閉じ込められることになる。それまでにも、原発の安全審査は経験しているが、今後ずっと原子力の安全規制に携わるのだったら、いっそのこと仕事を辞めようかなと思ったりもした。もちろん、原子力安全・保安院を中核とした組織なので、見知らぬ世界に入るわけではないのだが……。

もともと原子力を専門として公務員になった以上、このようなときに、原子力規制庁への移籍は勘弁してくれとは言い出せなかった。国内で福島第一原発の事故対応で大変な思いをした同僚たちのことを思うと、そのあいだ、海外で平穏無事な日々を過ごせただけでもありがたく思わなければ、と自分に言い聞かせた。

平成二十六年、フランスから帰国と同時に、原子力規制庁に移籍した。

「もし東日本大震災がなかったら今頃どうしてたかなあ？」

五十嵐はしんみりと呟《つぶや》いた。

「そうだなあ」

服部はそう言うと一呼吸置いて、

「お前は原子力が専門だから、資源エネルギー庁と原子力安全・保安院を行ったり来たりしていたんじゃないか？　俺は機械が専門だから潰《つぶ》しが効《き》く分、きっとあっちこっち転々としていたと思う」

「お前はいろいろ経験できて羨《うらや》ましいよ。俺も原子力規制のような専門分野を突き詰める仕事は性《しょう》に合わん」

五十嵐が経済産業省に入省したのは、産業行政に携わりたかったからだ。専門は原子力だが、電力やエネルギーだけではなく、技術開発、通商などいろいろな分野を経験してみたかった。

すでに午後九時を過ぎていた。話が弾むと、時間が経つのが早い。

「また、時々こうして飲もうじゃないか」

五十嵐はそう言うと、飲みかけのビールを喉に流し込んだ。

6

九月中旬――
桧垣憲治は、自身が経営する東京フロンティア法律事務所の応接室で、薩摩原発訴訟の次回期日の対策について葛西邦夫《かさいくにお》と話し合っていた。

葛西邦夫、五十五歳。環境問題に詳しい人権派弁護士で、原子力裁判に長年取り組んでいる。

東日本大震災のあと、桧垣は葛西に声を掛け、原発訴訟弁護団連合会を立ち上げ、互いに共同代表として活動している。両者の役割分担は、桧垣が連絡会を率いるいわば顔役で、葛西が実務を取り仕切っている。

「T大の竹岡先生とは、もう打ち合わせは済んでいるのかね？」

桧垣が次回期日の準備状況を尋ねると、葛西は、

「忙しい先生でなかなかつかまりませんが、今週か来週には」

「どういう証言をしてもらうつもりかね？」

「原子力規制委員会の委員が火山の専門家を恫喝《どうかつ》した記録が残っているので、その事実を追及します。竹岡先生は実際にその場に居合わせたので、これは結構いけますよ」

葛西はほくそ笑んだ。

「恫喝というと？」

「薩摩原発の審査が火山の専門家の関与なしで行われたので、やり直しを求める声が相

次いで、それにキレた原子力規制委員会の委員が、この検討会はそういう場ではないと言って、強引に黙らせたようです」

「ほう。珍しいね。原子力のような専門的な議論をする場で、そんなことがあるとは」

桧垣はにんまりと笑みを浮かべた。

「ところで、海洋研究所の大山哲《てつ》という学者、聞いたことあるかね?」

「ええ、ありますよ。カルデラ噴火で南九州の縄文文化が全滅したって話でしょう?」

「そう。その話が『週刊春秋』の今週号に載っているんだよ」

桧垣はテーブルの上に置かれた『週刊春秋』を、葛西の前に差し出した。


――これまでの研究では、カルデラ噴火後、例えば、阿蘇カルデラの中岳や姶良カルデラの桜島などの「後カルデラ」活動(「中央火口丘《きゅう》」と呼ばれることもある)のマグマは、カルデラ噴火を起こしたマグマの残りものがチョロチョロと噴出したものと考えられていた。

この考えでは、溶岩ドームや現在起きている活動は、いわばカルデラ噴火の名残のようなものだ。従って次のカルデラ噴火までには相当の時間的余裕があり、現在は言わば静穏期ということになる。

　ところが鬼界カルデラの巨大溶岩ドームの岩石、それに現在活動的な薩摩硫黄島や昭和硫黄島の岩石は、七三〇〇年前のカルデラ噴火のマグマとはまったく異なる化学的性質を持っていたのだ。

　つまり、七三〇〇年前のカルデラ噴火が起きたときにほとんどのマグマが噴出してしまい、残りものはもはや存在していない可能性が高い。その代わり、新しいマグマがどんどんと地下深くから上昇して、巨大溶岩ドームを作り、さらに薩摩硫黄島などの中央火口丘を作ったのだ。溶岩ドームが世界最大級の体積であることを考えると、この新しいマグマの上昇は極めて活発であり、従って現在鬼界カルデラの地下に巨大なマグマ溜りが形成されつつあると考えたほうが良い。このカルデラでは、すでに次のカルデラ噴火の準備過程に入ったと言えるだろう。

　今この鬼界カルデラで、七三〇〇年前と同規模の巨大噴火が起きれば、九州南部は高温の火砕流で覆い尽くされ、日本という国家、日本人という民族の存亡の危機だ。そうしたなか、我々ができる唯一の予防策は、最悪の事態を避けるために、原子力発電所を日本列島からなくしておくことだ。――

葛西は読み終えると、『週刊春秋』をテーブルの上に戻した。

「この人に火山噴火について証言してもらえると心強いんだが、どうかね？」

葛西は「よさそうですね」と笑顔で応えた。

「鬼界カルデラがいつ噴火してもおかしくないとは何とも物騒な話だが、もともと反原発の考えの持ち主のようだし、不安を煽《あお》るには打ってつけだよ。薩摩原発だけでなく、他の原発でも強力な助っ人になる」

桧垣は嗤《わら》った。

「著名な学者がいつ噴火してもおかしくないと言えば、効果ありますからね」

葛西もにんまり鼻孔《びこう》を膨《ふく》らました。

「来週あたり大山さんに会ってみるよ。竹岡先生のほうは頼んだよ」

「わかりました」

桧垣はソファから立ち上がると、執務机の受話器を取って、

「話が済んだから、用意してくれるかな」

まもなく、女性秘書がキチンワゴンを押しながら部屋に入って来た。

「いつも、すみません」

葛西は恐縮する素振りを見せた。

女性秘書は、ウィスキーの水割りを二つ用意し、氷やオードブルなどをテーブルに移すと、引き下がった。

桧垣は、ウィスキーグラスに口をつけた。

「一審から火山にもっと力を入れておけばよかったな。地震だと、活断層が原子炉建屋直下にでもない限りは、原子炉設置は可能だが、その点、カルデラ噴火だと手の打ちようがない。火山のほうが破壊力があるよ」

「ただ、火山は何十万年、何百万年と時間感覚が現実離れしているので、話が空回りしてしまう恐れがありますね。社会通念上認められないとは言えないという理屈で逃げられると苦しいですが」

「カルデラ噴火で攻めが効かなきゃ、火山灰で攻めればいいだろ」

「最近、富士山の噴火が世間の関心を呼んでますから、いいかもしれませんね」

桧垣のグラスが空になった。

「お作りしましょうか」

葛西はソファに浅く座り直すと、グラスにウィスキーと水を注ぎ、桧垣の前に差し出した。

葛西はチーズを一切れ食べたあと、ウィスキーグラスに口をつけた。

「BWRの再稼働が近づいたら、また仮執行をどんどん申し立てよう。夢よもう一度だ。数打ちゃ当たるよ」

桧垣が強気の方針を口にすると、葛西は調子を合わせた。

「PWRはうまくいきましたからね。原発を止めれば、電力会社には大きな痛手になりますから、体力のない弱小電力から脱落しますよ」

「電力会社も原子力とは早く手を切りたいはずなんだよ。だが、すっきり手を切りたくても切れない」

「廃炉には何十年もかかるし、使用済み燃料や廃棄物処理の責任もどこまでもついて回りますからね」

「腐れ縁なんだよ」

「そういう意味じゃ、琉球《りゅうきゅう》電力が一番優良企業かもしれませんね」

「原子力はとんだ疫病神だったわけだ。あっはっはー！」

桧垣は、ウィスキーがわずかに残ったグラスを呷《あお》った。

桧垣は京浜急行の品川駅で快速特急に乗り、金沢文庫で各駅停車に乗り換え、二つ目の追浜《おっぱま》駅で下車した。東口から出て、道路を渡ってすぐの喫茶店『マリン』の扉を押した。

先週、桧垣が海洋研究所に電話して、大山研究首席に証言の話を持ち掛けると、職場ではなく外で会おうということで、最寄り駅からすぐのこの喫茶店で落ち合うことになった。

昼下がりで、店内はガランとしていた。「いらっしゃいませ」とママの声がした。

奥の窓際の席に大山らしき男がいた。ネットで確認してきたから間違いない。向こうもこちらを見ている。桧垣は大山に歩みより、

「大山先生ですか?」

「桧垣さん?」

「ええ、先日、お電話しました桧垣です」

「遠いところ、大変だったでしょう」

大山は人懐こそうな笑顔で言う。

名刺には、『研究首席、固体地球研究部門』と記されていた。

「東京に長いこと住んでいますが、この辺りは初めてです」

向かい合ってみると、大柄な体躯《たいく》でスポーツ刈りによく日焼けした顔は、鷹揚《おうよう》な雰囲気を漂わせていた。

アイスコーヒーを二つ注文した。

「お電話した通り、私ども原発訴訟弁護団連合会は、原発再稼働の取り消しを求めて闘っています」

桧垣は、原発の所在地と係争中の裁判を書き込んだ地図を示した。

「随分ありますねー。一つの原発で幾《いく》つも裁判があるんですか？」

「ええ、それぞれ管轄が異なりますから、別々の裁判になるんですよ」

「電話でも言いましたが、僕は裁判にはまったく疎《うと》いですから」

大山は屈託ない笑顔で言う。

「証言というと、質問に答えるんですか？」

「そうです。訴訟代理人、つまり我々の仲間の弁護士が火山噴火について質問しますから、それに答えていただくわけです」

「ドラマで相手を問い詰めたり、異議ありと叫んだりしますけど、あの中だと僕はどういう立場になるんですか？」

桧垣は苦笑しながら、

「ああいうのとは、違いましてね。テレビでご覧になるのは刑事裁判で、私どもの民事裁判とは異なります」

「どう違うんですか？」

「まあ、あまり気になさる必要はありませんよ。質問はあらかじめ打ち合わせしてシナリオ通りにやりますから、ご安心下さい」

「わかりました」

「それから、国側からも質問がありますから、それに答えていただきます。裁判官は、それらのやりとりを聞いているわけです」

「具体的に、どんな質問を受けるんですか？」

「例えば、火山噴火の仕組みはどのようなものかとか、火山噴火の予知は可能なのかとか、もし可能だとしたら噴火のどれくらい前にわかるのかとか……」

大山は頷きながら聞いていた。

「先生ご自身の率直なご意見を陳述いただければ結構です。先生は、火山噴火の予知はできないというお考えでしょう？」

「火山学者にもいろんな人がいますが、僕は、小規模であろうと大規模であろうと、噴火予知はできないと考えてます」

大山はアイスコーヒーをストローで吸った。

「他には誰か証言に立つんですか？」

「T大の竹岡教授にお願いしています」

「竹岡さんですかあ？」

大山の表情が急に引き締まった。

「私はお会いしたことはありませんが、竹岡先生はどういうお方ですか？」

「どうって、大先生ですよ」

大山はしばらく考えると、真剣な眼差しで、

「あのー、竹岡さんと私が言い争うようなことはないですよね？」

「期日が違いますし、顔を合わせることもありませんので、ご安心下さい」

桧垣は笑みを浮かべながら答えた。

大山は表情を緩めて、

「わかりました。そうすると、裁判はいつですか?」

「次回十一月十四日が竹岡先生の尋問、その次ですから、年明けから年度末頃になると思います」

「福岡だと日帰りは無理か……」

「前日の夜に福岡に入ることになると思います」

「わかりました」

「ありがとうございます」

桧垣は丁寧にお礼を言うと、伝票を手にレジに向かった。

第二章　臨時国会

1

「国民民生党の広岡俊広《ひろおかとしひろ》参議院議員から、再稼働の審査状況について資料要求がありました。政府委員室からの連絡では、説明を求めているそうです」

総務課の若手職員がやってきて、五十嵐に対応してくれと言う。

資料要求だけなら政府委員室を通じて事務的に送付するだけだが、説明を求められると、こちらから足を運ばなければならない。

「どういう資料か、もうちょっと具体的に教えてくれないか」

「これまでの実績と今後の見通しについて伺いたいとのことです」

「今後の見通しといってもなー」

審査の進捗度合いは基本的に事業者の対応次第で、見通しといっても答えようがない。

「まあ、見通しは口頭で説明するから、実績は君のほうで表にまとめておいてくれ」

そう指示すると、五十嵐は早速、広岡議員のプロフィールをネットで調べた。

福岡県選出で現在二期目の五十二歳。驚いたことに、西南電力の元社員だった。企画や技術部門が長く、労働運動の経験はなさそうだ。所属する委員会や議員連盟リストには、火山議連も名を連ねていた。

翌日午後二時、五十嵐は広岡を参議院議員会館に訪ねた。

議員会館を訪れるのは久しぶりで、なんだか懐かしい思いがした。経済産業省にいた頃は、国会の質問取りや政策の説明によく来たが、原子力規制庁で安全審査の仕事に没頭していると、そのような機会はなかった。

議員室の扉をノックして、「原子力規制庁の五十嵐です」と大きな声で名乗ってから、中に入った。

女性秘書に応接室に通され、しばらく待たされた。

『電力の安定供給を』『原子力の日―地球を温暖化から守る原子力』『火山噴火予知を目指して！』など、広岡の活動の幅広さを物語るかのようにポスターが何枚も壁に貼られていた。

「どうも、お待たせー」

威勢の良い掛け声とともに、広岡が颯爽《さっそう》と現れた。長身で肩幅が広く、いかにもスポーツマンといったタイプだ。

名刺交換してから、テーブルを挟んで向かい合った。

「先生は火山議連に入られているのですか？」

広岡は壁のポスターを一瞥《いちべつ》したあと、

「入っているよ。超党派なので、原子力がおかしな方向にいかないようにウォッチしているつもりなんだけどね。どうして？」

「いま薩摩原発の取消訴訟を抱えているんですが、火山噴火が争点になっていまして」

「九州は火山が多いから大変だね。しっかり頼むよ」

広岡は笑顔で激励した。

五十嵐は持参した再稼働の実績表を示し、さっそく説明を始めた。

「ＢＷＲは相変わらずだなー」

広岡はため息をついた。

適合性審査に合格したＢＷＲは他に三基あるが、再稼働を果たしたのは奥羽《おうう》電力の松島原発二号機だけだ。審査に合格しても地元自治体の了解が得られないからだ。

「PWRはもうほとんど再稼働しているの？」

「ええ、全部で一二基になります。廃炉の決まっている原発を除けば大半が再稼働を果たしています」

「北海《ほっかい》電力はまだなの？」

「大分遅れていましたが、二〜三年後には三号機が審査に合格できると思います」

北海電力積丹《しゃこたん》原子力発電所は三基のPWRを有し、発電設備容量の合計は二〇七万キロワット、北海道の電力需要の約四〇パーセントを賄っていた。一号機は平成元年、二号機は平成三年、そして三号機は平成二十一年に営業運転を開始した。その後まもなく、東日本大震災があり、以来停止したままになっている。

「PWR四社の中で、なぜ、積丹原発だけそんなに遅れたの？」

PWR四社とは、畿内電力、西南電力、瀬戸内電力と北海電力の四社のことだ。

「当初は、順調に審査が進むと見られていましたが、敷地内の断層が活断層か否かを巡って、その検証に時間がかかってしまいました」

「その話は聞いているけど、それにしても遅すぎるよ。この調子だと四〇年制限に皆引っ掛かってしまうよ」

四〇年制限とは、原子力発電所の運転期間を原則四〇年までとする制度だ。福島第一原発事故を受け、翌年の原子炉等規制法の改正で法制化された。

「そもそも一律四〇年としたのが間違いなんだよ。停止中は中性子による圧力容器材料の劣化はないんだよ。老朽化した原発を廃炉にするのは当たり前だが、原子炉が動いていなくても、運転期間として毎年一年ずつ加算するなんてどう考えてもおかしいよ。稼働していない期間はカウントから外さないと」

広岡はさらに続けた。

「事業者に厳しく当たるだけが規制委員会の仕事ではないよ。世界一厳しい基準だとか言って悦に入っている場合じゃなくて、決められたルールでも不合理なものは変える度量を持たなくては。今度、国会で質問するからね」

四〇年制限はなんとかしなければいけない問題だと、五十嵐もかねてより思っていた。しかし、原子力規制庁幹部にそれを言い出す者はいない。職場でタブー視されてきた問題だ。

「先生、そういう質問されましても、規制庁としては答えようがありませんし……」

広岡の言う通りだと内心賛同しつつも、自らの思いとは真逆の受け答えをしていた。答えに窮《きゅう》するような国会質問はあらかじめ潰しておくのが役人の鉄則だ。

「その場しのぎのために闇雲に厳しいルールを作って、一度決めたらなかなか変えようとしない。あとになって、こんなの作らなければ良かったと思ってももう遅いよ。原子力行政は、そういったことを半世紀以上も繰り返してきたんだよ。目を覚ましてほしいね」

話すにつれ、広岡の言葉は厳しさを増したが、不思議と腹が立つことはなかった。五十嵐が常日頃抱いている思いを代弁してもらっているようで心地良さすら覚えた。広岡の指摘に五十嵐の気持ちは揺さぶられた。

2

十月に入ってまもなく臨時国会が始まった。

この日、五十嵐は須藤芳夫《すどうよしお》委員長、早川部長とともに、参議院資源エネルギー対策委員会に出席した。五十嵐の役目は須藤委員長のお供だ。質問に的確に答弁できるようあらゆる気配りが求められる。須藤は今日が初めての国会答弁なので、五十嵐もそれだけ緊張していた。

原子力規制委員会への質問は、広岡俊広議員と近藤孝則議員の二人が予定されていた。広岡議員からは、現行の安全基準ができた経緯とその問題点について、とりわけ厳しい質問が予定されていた。

「広岡俊広君」

外山《とやま》委員長が次の質問者を指名した。

「国民民生党の広岡です。資源エネルギー庁長官にお訊《たず》ねします」

広岡の歯切れの良い声が委員会室に響いた。

「現行のエネルギー基本計画では、原子力の占める割合は、何パーセントを目標にしていますか?」

「二〇三〇年時点で原子力の占める割合は、一五~二〇パーセントを目標にしています」

「今現在は何パーセントですか?」

「二〇二四年度実績ベースで七パーセントです」

「まるでかけ離れているじゃないですか。これで目標は達成できるとお考えですか？」

「達成はかなり困難になりつつあると認識しております」

中長期的なエネルギー政策を定めたこの計画は、三年ごとに見直し、閣議決定される。現行計画では、二〇三〇年度の電源比率は再生可能エネルギー三五～四〇パーセント、原子力一五～二〇パーセント、火力四〇パーセントとされている。

原発は重要な基幹電源の一つと位置付けられながら、原発依存度は可能な限り低減すると辻褄《つじつま》の合わない内容になっていた。原発の新設・増設についても、何の記述もなかった。

「その原因はどこにあるか。原子力発電所の再稼働が思うように進んでいないからでしょう。再稼働が順調に進めば、二〇三〇年度に原子力の占める割合一五～二〇パーセントは達成可能かもしれない。しかし、原子力規制委員会の審査は遅々として進まない」

広岡は一呼吸置いて、

「そこで、原子力規制委員会委員長にお尋ねします」

（さあ、いよいよだ！）

一気に緊張が走った。五十嵐の左隣に座る須藤の背筋がピクッと伸びた。

「東日本大震災から、もう十三年になります。新規制基準に基づいて、当初は一、二年くらいで順次再稼働していくものと思われていました。ところが、どうでしょう。審査は遅れに遅れて、やっと西南電力の薩摩原発が再稼働を果たしたのが平成二十七年。BWRに至っては、再稼働したのは奥羽電力の松島二号機だけです。率直に、どういうご感想をお持ちですか？」

須藤は、答弁用紙を手にマイクに歩みより、

「私ども、新規制基準に照らし合わせて、それを満たすかどうかという観点から審査しており、規制される側の立場や都合は斟酌《しんしゃく》しておりません。そういう姿勢を堅持《けんじ》することが、原子力規制委員会に求められるものだと考えております」

答弁用紙に目をやることなく、原子力規制委員会の基本スタンスを諳《そら》んじた。

無難な出だしに、五十嵐は安堵《あんど》した。

「その新規制基準になかなか通らないわけですね。以前の基準と比べてどう異なるのか説明して下さい」

早川が右手を高く掲げ、「委員長」と声を張り上げ、マイクに進み出た。

「お答えします。二〇一二年九月に原子力規制委員会が発足したあと、『発電用軽水型原子炉の新安全基準に関する検討チーム』を設置して、原子炉等規制法を踏まえた新たな規制基準の検討を始めました」

新規制基準では、地震対策が大幅に強化され、活断層上に原子炉建屋などの重要構造物の設置を認めず、原発敷地内や周辺の活断層のチェックも厳格にするよう求めている。また、最新の科学的知見を反映させるため、次の項目などが新たな要求事項として付け加えられ、二〇一三年六月に原子力規制委員会規則として定められた。

テロ対策施設（特定重大事故等対策施設）の設置

炉心損傷防止対策

格納容器破損防止対策

基準津波の設定

内部溢水《いっすい》対策

竜巻、火山、森林火災の影響

早川の詳細な説明のあと、広岡が質問した。

「このように追加された基準が既存の施設に対して義務づけられているわけです。所謂《いわゆる》バックフィット、つまり、法律の遡及《そきゅう》適用です。ご存じのように、刑事の分野では、憲法で遡及適用は禁止されています。私は、これまでも度々、バックフィットの問題を指摘してきましたが、一顧だにされてきませんでした」

広岡の言う通りだ。規制行政では、過去に遡って基準適合を確認するバックチェックはするが、バックフィットは普通求めない。五十嵐は、原子力安全・保安院で安全審査をしていた頃、それが当然のことと思っていた。五十嵐だけでなく、同僚たちも同じだった。

原子力規制庁に移ってから、原子力炉等規制法の改正でバックフィットが制度化されたと知り、違和感を覚えていた。一定程度のバックフィットはやむを得ないと思いながらも、二〇一二年の原子炉等規制法の改正で新たに加えられた要求事項は、その範囲をはるかに超えている。

「こうした非常に厳しい基準をクリアするのは並大抵なことではありません。しかも、運転を始めてから四〇年という厳しい制限があるわけです。四〇年制限について説明して下さい」

早川はマイクに進み出た。

「原子炉の運転期間を、使用前検査に合格した日から起算して四〇年とする規定のことです。なお、一回に限り二〇年を超えない範囲で期間延長することができます」

「四〇年制限が直接のきっかけで再稼働を断念した原発は、すでに何基もありますし、今後も続出するでしょう。四〇年制限の撤廃は喫緊の課題です。もとより四〇年で区切ることに合理的理由はありません。個々の原子炉で、炉型、運転履歴など異なりますし、それぞれの状況を踏まえて判断すべきです。もし、すぐに対応ができないというのであれば、せめて稼働していない期間は四〇年の運転期間にカウントしないようにすべきです」

広岡は一息入れ、さらに続けた。

「福島第一原発事故後の混乱の最中にできた制度なので、やむを得なかったという事情があるにせよ、それにしても酷すぎる。最後に規制委員長の決意を賜《たわま》りたいと思います」

五十嵐は、心の中で広岡に拍手を送っていた。

早川が須藤の耳元で何か囁《ささや》き、須藤はしきりと頷いている。

須藤は慌てて立ち上がると、発言メモを読み始めた。

「規制される側の立場や都合に左右されることのない姿勢を堅持することが、原子力規制委員会の使命だと考えております。最新の科学的知見を基準に反映し、それに基づいて、厳正に審査する姿勢を貫いて参りたいと考えています」

「終わります」

広岡は厳しい表情を崩さないまま、質問を締め括《くく》った。

昨日事務方で準備した国会答弁書を棒読みする須藤の答弁を聞きながら、五十嵐は虚《むな》しさを感じていた。原子力規制委員会は、事業者寄りと取られることを警戒するあまり、基準緩和は理由はともあれ極力避けようとする。安全規制は強化するほうが世間受けするし、ある意味では楽だ。しかし、科学的根拠に基づいた合理的な判断こそが肝心なのだ。

「続きまして、民自党の近藤孝則君」

外山委員長が次の質問者を指名すると、広岡と近藤が質問者席を入れ替わった。

「民自党の近藤です。ただいま広岡議員への答弁の中で、新規制基準では最新の科学的知見を反映させているとの説明がありましたが、原子力規制委員会は火山噴火を予知できるとお考えか？」

近藤は還暦を過ぎ白髪が目立つが恰幅《かっぷく》がよく、超党派の火山議連の会長を務めるのもむべなるかなと思った。

「火山噴火がいつ、どこで起こるか予知することは現在の科学水準では難しい、と認識しております」

須藤が答弁書どおりに答えた。

「気象庁には火山噴火予知連絡会が置かれ、年四回の定例会合に加え、必要に応じて、緊急会合が行われる仕組みになっています。しかも大学や研究機関所属の大勢のメンバーで構成されています。原子力規制委員会には火山の専門家は何人いますか?」

早川が挙手しながらすばやくマイクに歩み寄って、

「お答えします。原子炉安全専門審査会の下に火山部会を設けております。専門委員六名、オブザーバー二名で構成されています」

「委員長に伺います。そのような体制で十分とお考えか?」

須藤がマイクに進み出て、

「十分とは思っておりません。原子力は非常に幅広い分野に関わりますので、スタッフの充実強化には特に力を入れて取り組んできましたが、まだ不十分な現状にあります」

「原発立地で一番の問題となるのはカルデラ噴火のリスクですね。それに比べればはるかに小規模な噴火に対しても、火山噴火予知連を中心とした体制がとられています。しかるに、原発の審査には火山の専門家は数名ほどしか関わっていない。規制を受ける側の電力会社にも火山の専門家はほとんどいないでしょう。火山噴火に対して最も慎重にならなければいけないはずの原発の審査が、最も手薄になっている。おかしいと思いませんか。このような体制で火山の影響評価ができるとお考えか？」

「カルデラ噴火のような大規模な噴火が、例えば、今後数十年のあいだに起きる可能性は極めて低いのではないか、そしてその状況が引き続き保たれているかどうかをモニタリングすることは可能だというふうに考えています」

須藤が答弁書を読み上げるやいなや、

「えっ？　それは驚きの発言ですな」

近藤が声を張り上げた。

「火山噴火を予知することは現在の科学水準では難しいと、さっき発言したばかりじゃないですか。予知が難しいのに、カルデラ噴火が起きる可能性は極めて低いと、どうして言えるんですか？」

「具体的な根拠を示せ！」

「いい加減なことを言うな！」

野次が飛び交い、室内がざわついた。

「静粛に、静粛に願います」

外山委員長が注意喚起した。

須藤が怯《おび》えたような眼つきで五十嵐に助けを求めた。

「この部分を喋《しゃべ》って下さい」

須藤がいま読み上げた答弁の下に記した『さらに問われた場合』を指差しながら、須藤の耳もとで囁いた。

「須藤原子力規制委員会委員長」と答弁を催促する声が轟《とどろ》いた。

そのとき、早川がすばやく手を挙げ、外山委員長の指名を待ってマイクに進み出た。

「お答えします。現状では、火山影響評価ガイドに基づきまして、立地評価、影響評価を行うなどして総合的に判断した結果、カルデラ噴火が差し迫った状況にはないであろうと考えているわけでございます。ただ、念のために、モニタリングを継続しまして、カルデラ噴火が差し迫った状況にはないことが継続していることを確認しております」

近藤は出席議員一人ひとりに視線を巡らせるように、

「私は、原発廃止を求めているわけではありません。先ほどの広岡議員の指摘にもあったように、エネルギー基本計画の目標を達成していくためにも、原子力が一定の役割を担わざるを得ません。当然、万全な安全対策が求められるわけです。原子力規制委員会による安全審査は福島第一原発事故以前に比べれば、格段に改善されたことは認めましょう。ただし！」

近藤は、ここで一段と力を込めて、

「火山噴火対策については、現状極めて不十分と言わなければなりません。気象庁が中心になって、火山学者の英知を結集する体制を構築することを強く要望して私の質問を終わります」

「これにて、本日の委員会は散会します」

外山委員長の声が委員会室に響いた。

3

「須藤委員長、大分緊張していましたね」

「上出来じゃないか？」

五十嵐は部長室で早川と昨日の国会審議について雑談していた。須藤は初めての国会答弁だったので心配したが、なんとか切り抜けた。早川のフォローのうまさも際立っていた。

「それにしても、いろいろ言われましたね」

「なあ、わかったやろう？」

早川はしたり顔で言う。

「審査が遅い、指針が甘い、火山は気象庁にやらせろ。ウチは前から後ろから、どこから矢が飛んでくるかわからん。よほど軸をしっかり保たんと。ぶれたらあかんよ」

「四〇年制限やバックフィットも頭の痛い問題ですよね」

五十嵐が口にすると、早川は一転不機嫌そうな顔をした。広岡も言っていた通り、やはり原子力規制委員会にとって最も触れられたくない問題なのだろう。職場でも積極的に口にする者は少なく、早川もその例外ではないようだ。

「混乱の最中、民政党が強引に決めてしまったんだよ」

「部長は原子炉等規制法の改正には関わらなかったんですか？」

「俺は福島第一の事故対応に追われてたよ」

五十嵐は、当時のことは海外にいて新聞情報でしかわからなかったが、このときの法律改正が現在の原子力安全規制の大枠を決めたのは紛れもない事実だ。

「四〇年を迎える原発は今後も目白押しですよ。広岡議員の言う通り、抜本的な対策を講じないと」

「一度決まったものを緩和するのがどれだけ難しいか、君もよくわかってるやろ？」

早川は五十嵐をじろりと睨《にら》みつけた。

「それより、近藤先生には注意してくれよ！」

早川は話題を転じた。

「近藤先生の主張は一応正論だから、気象庁の動きも要警戒だよ」

「ええ。でも、気象庁はそんなに心配要らないと思いますけど……」

地震絡みで過去に気象庁とやりとりした経験から、五十嵐はそう感じていた。

「気象庁は、大学の先生の教えを乞いながら観測業務を行う実務官庁ですよ。経産省や原子力規制庁とは役人気質というかカルチャーがまったく違います。気象庁が政治家の意見に乗じて縄張りを広げようだとか、そういった野心を抱くこともちょっと考えられませんし」

「そうかもしれんが、役所の思惑とは関係なしに議員立法ということもあるしな。地震調査研究本部ができたときもそうやった」

確かに早川が言う通り、役所同士で暗黙の了解があったとしても、そんなことお構いなしに、議員立法に突っ走る可能性は否定できない。

平成七年一月に発生した阪神・淡路大震災では、それまでの地震防災対策への反省から政府内の責任体制を明確にすることを大義名分に、同年六月、地震防災対策特別措置法が議員立法によって成立した。

「あれも、それまでの体制に屋上屋を重ねただけだよ。文科省の地震調査委員会と国土地理院の地震予知連絡会。同じようなメンバーで毎月会合を開いてるよ」

早川は無駄だと言わんばかりだった。

「わかりました。早速、連絡を取ってみます」

自席に戻って気象庁の松丸《まつまる》火山課長に電話すると、「午後の早いうちなら空いている」と言うので、早速訪ねることにした。

五十嵐は外で昼食を取り、その足で、虎ノ門の気象庁に向かった。

火山部火山課の執務室に入り、一番奥の窓際の席に歩み寄ると、机上の書類に目を落としていた松丸は、おもむろに顔を上げた。生え際の後退した赤ら顔に見覚えがあった。

「五十嵐です」と声をかけると、「どうも」と言いながら、松丸は立ち上がった。

名刺を交換したあと、執務机の前の応接ソファで向かい合った。

「虎ノ門ヒルズ駅から近くて、いいロケーションですね」

五十嵐が気象庁を訪れるのは、大手町から虎ノ門に移転してきて以降今日が初めてだった。

「霞が関に歩いていけるので助かりますよ。以前は、東西線で竹橋から大手町に出て千代田線に乗り換えていましたから」

女性がお茶を運んできて、テーブルに置いた。

「昨日は、国会大変だったそうですね」

松丸は余裕の表情で言った。

「ええ、基準が生ぬるいとか、審査が遅いとか、いろいろ言われました。意見の方向がバラバラで、一体どうしろと言うんですかねー」

「あっち立てればこっち立たずですかー」

松丸はしたり顔だ。

「実は、民自党の近藤議員から、原発の安全審査で火山噴火の評価は気象庁が中心になってやるべきだといった発言がありましてね」

「あれは近藤議員の持論なんですよ」

松丸はこともなげに言った。

「率直にどうお考えですか?」

「どうもこうも、気象庁で原子力の評価はできませんからね」

やはり、予想通りの返事だった。

松丸は湯呑《ゆのみ》を手に取り、一口お茶を飲んだ。

「日本火山学会が原子力発電所の審査基準を見直すよう提言したのはご存じですね」

松丸はそう言うと、大きな目で五十嵐を見つめた。

「火山噴火予知連も学会と同じ考えです。ウチはその火山噴火予知連の事務局に過ぎません。ですから、ウチに持ってこられても困るというか……。何よりも規制庁さんが困るでしょう?」

松丸はそう言って五十嵐の顔をまじまじと見つめた。

「……」

原子力規制委員会の足元を見透かされているようで、素直に首肯《しゅこう》する気にはなれなかった。

「火山噴火の予知ができない以上、カルデラから何キロメートル以内の原発は認めないとはっきりさせれば、それで済む話じゃないですか?」

原発を認めないと軽々しく言われて、五十嵐はカチンときた。

「そんな簡単な話じゃありませんよ。西南電力や瀬戸内電力にとっては死活問題ですからね。それに、カルデラ噴火は九州、四国だけの問題じゃありませんよ」

五十嵐は語気を強めた。

「でも、活断層が原発の敷地を通っているといって、再稼働できない原発が幾つもあるじゃないですか」

松丸はにべもなく言い返した。

確かに、活断層の評価を巡って、安全審査が事実上ストップしたままの原発は多い。新規制基準では、活断層が重要施設の直下にあれば運転は認められない。また、直下でなくても近くにあれば基準地震動が大幅に引き上げられる。

松丸は腕時計に目をやると、表情を和らげて、

「規制庁さんもいろいろと大変ですね。地震だけじゃなくて火山も」

「お互い立場は一致していると考えてよろしいですね？」

五十嵐が言うと、松丸はソファから腰を上げながら、

「いずれにしても、近藤議員の話は回避ということで……」

五十嵐は、気象庁をあとにした。

4

経済産業省の服部から電話があった。

「西南電力に誰か良い人がいないかって話、見つかったよ」

このあいだ飲んだとき頼んでおいた話だった。

「東京支社長の江崎恭二《えざききょうじ》さん。数年前、資源エネルギー庁にいたとき本社の企画部次長だった人で、よく連絡を取り合った仲なんだ。優秀な人だよ」

「なるほど」

「明日、昼飯を一緒にすることになっているんで、良かったら来ないか」

「明日の昼なら大丈夫。で、どこで」

「日比谷公園の『松本楼《ろう》』はどうかな？ 昔、よく行っただろう？ あそこのテラス席なら落ち着いて話もできそうだし」

「了解」

翌日は、職場を早めに出て、正午少し前に松本楼に着いた。

テラス席を見渡すと、すでに半分位席は埋まっていた。広いテーブルでは、職場の同僚と思しき若者数名が楽しそうにお喋りしていた。奥のほうで服部が濃紺のスーツ姿の男性と円卓を挟んで談笑していた。

「遅くなりました」

五十嵐が声を掛けながら歩み寄ると、服部と江崎は立ち上がった。

「江崎さん、紹介します。原子力規制庁の五十嵐です。私と経産省の同期です」

「原子力規制庁の五十嵐です」

五十嵐は江崎に名刺を差し出した。

「こちら、西南電力の江崎東京支社長。資源エネルギー庁にいた頃によく連絡を取り合った仲なんだ」

「江崎と申します」

そう言いながら、江崎は名刺を差し出した。細身によくフィットしたスーツ姿で、いかにもできそうな雰囲気を漂わせていた。

自己紹介を終え、五十嵐は二人の席のあいだに腰を下ろした。

「五十嵐さんは原子力規制庁に出向されているんですか？」

江崎が名刺に目をやりながら尋ねた。

「いいえ、入省したのは経産省ですが、原子力規制庁に移籍してもう十年以上になります。海外赴任から帰国した際に、片道切符の出向を命じられました」

「そうですか」

江崎は神妙な面持《おももち》で頷いた。

「そういうタイミングが一番危ないんだよ」

服部が茶々を入れた。

「海外にいて、誰にも泣きつきようがなかったですねー」

五十嵐が自嘲気味に言うと、服部は、

「そこが人事の狙い目なんだよ」

江崎は二人の軽妙なやりとりに表情を和《なご》ませた。

ウェイトレスが注文を取りに来た。

「俺はハヤシライスにするよ。ここのハヤシライスはまろやかで、一押しですよ」

江崎は笑みを浮かべながら、

「本当ですか？　じゃあ、お言葉を信じて私も」

「俺もだ」

三人ともハヤシライスにした。

「会社の業績のほうはいかがですか？」

服部が江崎に訊ねた。

「原発が再稼働してしばらくは回復傾向にありましたが、最近また厳しいですね。もう東日本大震災以前のような安定した経営には戻れません」

「西南電力は原発四基の再稼働を果たし業績が安定している。省内では専らそういう評判ですよ」

本当かどうかわからないが、服部が調子の良いことを口にした。

「とんでもありません」

江崎は目を丸くし、掌《てのひら》を左右に振って否定した。

「昔のように、原発が動けば利益が跳ね上がるという時代じゃありません。安全対策費が以前とは比べものになりませんし、これからどこまで増えるかわかりません。それに、テロ対策施設の遅延では運転停止を喰らいましたし……」

テロ対策施設とは、大型航空機が衝突した際などに原子炉を遠隔で冷却する緊急時制御室などを備えた施設のことだ。再稼働の審査を終え工事計画の認可を受けてから五年以内に設置しなければならなかったのだが、その期限に間に合わなかったのだ。

「……経営陣も、原子力はこれまでの投資の回収には努めても、もう深入りはしないでしょう」

「薩摩原発は運転延長手続きも順調じゃないですか」

五十嵐が激励の意味を込めて声を掛けた。

一号機は今年六月に四〇年の期限を迎え、すでに延長運転の認可を得て、対策工事を進めていた。二号機は来年十一月の四〇年期限の到来を見据え、延長運転の審査中だった。

「認可が下りても対策工事が順調に進むかどうかわかりませんし……」

江崎は五十嵐の顔色を窺《うかが》った。

「西南電力さんなら大丈夫ですよ」と五十嵐。

「いや、審査の厳しさが半端じゃありませんから」

江崎はそう言うと、五十嵐の顔をまじまじと見つめた。

「西南電力さんは再稼働一番乗りだったじゃないですか」

五十嵐が持ち上げるが、江崎は真剣な眼差しを崩さない。

「一番乗りだったから、かえって大変な目に遭ってきたんですよ。再稼働反対の矢面には立たされるし、運転を安定して続けられるか常に不安を抱えていました。運転差し止め訴訟、太陽光発電の出力調整、テロ対策施設の遅延。行政や司法判断に翻弄され、見通しが立たないんですよ。そういうのを経営は一番嫌いますから」

江崎が噛《か》み締めるように口にする一言一言が心に重く響いた。

食事が運ばれてきた。

「どうです？」と服部。

「確かに、深みというかコクがありますね」

江崎が答えると、服部は得意げに、

「でしょう？　五十嵐と二人でよく来たんですよ」

食事しながら、服部と江崎は昔話に花を咲かせた。

周りに目をやると、いつのまにかテーブルは埋め尽くされていた。木漏れ日の下、時折清々《すがすが》しい風が通り過ぎ、さわやかな雰囲気に包まれていた

江崎が食事を終えるのを見計らって、五十嵐は話しかけた。

「国民民生党の広岡参議院議員は、会社ではどういう方だったんですか？」

江崎は目を丸くして、

「よくご存じですね！」

「先日、参議院の資源エネルギー対策委員会がありましてね、原子力規制委員会の姿勢を鋭く追及されました。個人的には頷ける内容だったので、複雑な気持ちで聞いていました」

「そうでしたかー」

江崎は納得顔で頷いた。

「広岡さんはもともと技術屋で、原子力畑が長かったですね。三・一一のときにはまだ会社にいて、肥前《ひぜん》原発の再稼働のことで飛び回っていました。いやあ、あの頃は大変でしたー」

江崎は感慨深げに言うと、グラスの水を一杯飲んだ。

「西南電力は当時どんな状況だったんですか？」

五十嵐は、東日本大震災の頃の話はいろいろ聞いてはいるが、海外にいたせいか、今一つ実感が湧《わ》かない気がしていた。

江崎は語り始めた。

「三・一一のときは、肥前二号機と三号機が定期検査に入っていたんですよ。まもなく再稼働するタイミングでしたが、案の定、原子力安全・保安院から待ったがかかり、やがて、甲斐田《かいだ》経済産業大臣が緊急安全対策を発表しました。原子力安全・保安院では緊急安全対策が各原発で実施されたことを確認し、連休明けに安全宣言を出す手筈《てはず》だったようですが、菅原《すがわら》総理が御前崎原発の停止を要請した辺りから話が迷走し始めたんです」

そこで江崎は話を止めた。

「この先は話が長くなるので、やめときましょう」

「そうですか……。じゃあ、またの機会にでも」

本当はもっと聞きたいところだったが、初対面の人に無理にお願いするわけにもいかず、話題を変えた。

「国会議員のなかには、火山の評価を原子力規制委員会ではなくて気象庁にやらせるべきだと主張する人がいましてね」

「気象庁にですか?」

江崎は怪訝《けげん》そうに首を傾《かし》げた。

「原発立地の是非について、火山噴火の観点からの判断は気象庁に委《ゆだ》ねるべきだと考えているんでしょうが……」

「気象庁に原子力のことがわかるんですか？」

「もちろん、気象庁に委ねるといっても火山噴火のリスク評価だけでしょうけど」

「そうなったら、原発はもう終わりですね」

江崎は力なく呟いた。

「どこが原子力から一抜けるかだなあ」

服部が冗談めかして言った。

「おい、人聞きの悪いこと言うなよ」

五十嵐が諫《いさ》めると服部は、

「原子力は、もう電力会社が個々にやるのは無理だよ。少なくともＰＷＲとＢＷＲそれぞれまとまらないと。原子力が電力再編の起爆剤になるかもしれないな」

服部の言うのも決して的外れではないだろう。

電力会社と関連メーカーのあいだで原発の共同事業化が模索されていた。原発の運営や保守、廃炉、それから建設について、安全性の向上やコスト削減などを進める狙いだ。

電力会社が個々に原子力規制当局と対峙している現在の姿には無理があると五十嵐自身も感じていた。

「原子力がどうのこうのというより、電力自由化が二〇二〇年の発送電分離で一段落しましたから、これからは大手電力同士の合従連衡《がっしょうれんこう》に留《とど》まらず、新電力や他業種を巻き込んだ形で再編が進むんじゃないでしょうか」

「どう転んでも、廃炉や使用済み燃料、廃棄物処理はずっとついて回るんですけどねー」

五十嵐は思わず本音を口にしていた。

原子力論議で決して忘れてはならない点だ。

「そうなんだよなー」

服部は力なく呟いた。

江崎もため息をつくと、グラスに残った水を一気に喉に流し込んだ。

江崎の話は、五十嵐の予想を超えるものだった。電力会社がここまで原子力を負担に感じているとは思っていなかった。これまで安全審査に没頭して、原発再稼働に邁進《まいしん》する電力会社の一面にしか目が向いていなかった。原子力規制という狭い分野に長年浸《つ》かって、いつのまにか了見が狭くなっていたのだ。原子力から一歩離れて電力会社の経営を考えれば、原子力との訣別《けつべつ》も視野に入って当然なのかもしれない。

週末、郷里の札幌に住む甥《おい》の空翔《そらと》が家にやってきた。五十嵐の実の姉、聡子《さとこ》の長男で地元H大学で原子力を専攻する学生だ。学会に出席するため一昨日上京したという。まだ学部生だと思っていたら、いつのまにか大学院に進んでいた。子どものいない五十嵐にとって、空翔は自分の息子のような存在だった。

「早いもんだなあ。もうあれから五年になるのかー」

五十嵐はソファに座る空翔を目の前に感慨に浸《ひた》った。

大学入試のとき進路相談に乗ったのが、ついこのあいだのことのようだ。原子力を勉強したいという空翔に、機械や電子など他の専門分野を勧めた。原発再稼働は始まっていたが、原子力が今後どうなるか見通せる状況にはないと思ったからだ。だが、本人の意志は固く、五十嵐もあまり強くは反対しなかった。就職するのはまだ先だし、その頃までには原子力を取り巻く状況も多少は好転するかもしれないと、漠然とした期待感もあった。

妻の道子《みちこ》がコーヒーを運んできて、テーブルの上に置いた。

「美香《みか》ちゃんは元気？」

「受験で大変みたいです」

「もう高三になるの。早いわねえ」

空翔は母親と妹の美香の三人暮らしだ。

空翔はコーヒーを一口飲んだ。

「博士課程に進む考えはあるの？」

五十嵐が訊くと、空翔は「就職します」とはっきり答えた。

内心ホッとした。女手一つで大学生を二人抱えるのは大変だからだ。

「就職先は考えてるの？」と道子。

「まだ具体的には考えていません。ただ、専門を活かした仕事に就きたいとは思っています」

「原子力だったわよね。先行き大変じゃない？　別の分野に進むのもあるのでは……」

妻は、もともと原子力に理解があるほうだったが、福島第一原発事故を境に考えが変わった。原発は一切駄目というほどではないが、原子力はできるだけ減らし早く脱原発を実現すべきだと考えている。

五十嵐が原子力規制庁に移籍した際にも、これからは安全のための仕事に専念できるのではと、思い悩む五十嵐の背中を押したくらいだ。

「主人みたいに公務員という選択もあるわね」

「国家公務員試験は一応受けようかなと思っています」

「国家公務員だと北海道を離れることになるよ。姉さんは何と言ってるの?」

五十嵐が訊いた。

これから先、家庭の事情を考えれば、地元で就職するほうが無難だ。

「特に……。もし国家公務員になるんだったら、叔父《おじ》さんに相談しなさいって」

「地元に就職する途もあるんじゃないのかなあ」

五十嵐はさりげなく地元を勧めたが、空翔の気持ちには届いていないようだった。

羽田で夕方友達と落ち合うと言って、空翔は早めに家をあとにした。

5

十月下旬——

五十嵐は、茨城県つくば市の産技研を訪れた。

地質調査研究センターの中西《なかにし》火山研究部門長に、火山噴火予知の最新動向について話を伺うためだ。服部に頼んでアポイントを取り付けてもらっていた。

正門受付で告げられた研究本館八階の部門長室の扉をノックすると、痩《や》せ型の中年男性が現れた。

「原子力規制庁の五十嵐です。火山噴火についてお話を伺いたいと思いまして参りました」

「ええ、服部さんから話は伺っています」

「火山噴火予知の先端技術についてお聞かせいただければ幸いです」

応接ソファで向かい合って、『火山観測技術の現状と将来』と題したパンフレットを使いながら説明を受けた。

「火山噴火予知は、さまざまな観測結果を元に総合的に判断します。まず、地震観測と地殻変動観測が……」

地震観測は、火山周辺で発生する微小な地震や微動を地震計で捉《とら》えて、震源やマグマの位置を明らかにする方法だ。一方、マグマが上昇する際に火山斜面が変形する様子を捉えて、マグマの位置や状態を明らかにするのが地殻変動観測で、傾斜計や体積ひずみ計をはじめさまざまな手法がある。

「……ＧＮＳＳ連続観測システム（Global Navigation Satellite System）も、地殻変動観測の一手法になります。カーナビや携帯電話の位置情報と同じ原理です」

ＧＮＳＳ連続観測システムとは、電子基準点で観測した衛星測位システムのデータを解析して電子基準点の正確な位置を測定し、その変化を地殻変動として捉える仕組みだ。全国約一三〇〇カ所に電子基準点が設置されている。

「精度はどれくらいですか？」

「水平方向で一センチ、上下方向で二～三センチといったところでしょうか」

「水準測量と比べてどうですか？」

「水準測量に比べると精度は落ちますが、まだ改良の余地はあるでしょうし、なんといっても、広域を効率的にカバーできるメリットが大きいと思います」

さらに、マグマの動きに伴《ともな》って重力、地磁気、電気抵抗などの物理量の変化を捉える方法もよく行われるという。

「……最後に化学的な手法です。マグマには水蒸気、二酸化炭素、二酸化硫黄、硫化水素など多くの火山ガスが溶け込んでいて、それらが気体となって火口から放出されます。そのうち、二酸化硫黄は、『スペクトロメータ』という装置を用いて放出量を測定し、噴火が差し迫っているかどうかの判定によく利用されます」

こうして改めて体系だった説明を受け、理解がより深まった気がした。

「端折《はしょ》った説明になりましたが、ここまでが言わば従来型の手法です。次に、新しい方法ですが、別の場所に展示してありますからご案内します」

二人は研究本館を出て、隣の地質博物館に向かった。

この博物館は、岩石や鉱物だけでなく、地質調査研究センターの研究成果を含め、広く地球科学全般について展示していた。

一階の常設展示コーナーの一角、衛星画像の前で立ち止まった。

箱根大涌谷《おおわくだに》周辺の衛星画像の上に虹色の縞《しま》模様が重ねて描かれていた。

「これは、衛星画像を火山活動のモニタリングに活用した事例で、地球観測衛星『だいち二号』の衛星画像が地殻変動の解析に使われています」

「だいち二号」は、平成二十六年に宇宙開発機構が打ち上げた地球観測衛星だ。高度約六三〇キロメートルを周回する衛星で、一日にほぼ二回、日本上空を通過する。

「だいち二号」に搭載された合成開口レーダー（ＳＡＲ：Synthetic Aperture Radar）が、地表に向けてマイクロ波を照射して、地表からの反射波を受信するという。そして、送信波と受信波の位相差を計算して衛星―地表間の距離の変化を求めるのだ。

ＳＡＲ干渉解析というこの手法によって火山活動、地震、地盤沈下、地すべりなどで生じた地表面の変動を、面として網羅的に把握することができる。

「虹色の縞模様があるでしょ。この縞一つひとつが、マイクロ波の一波長分の変位、つまり約一二センチの地殻変動を意味します」

「そんなに精度が高いんですか！」

一二センチとは驚きだった。

「こういう縞模様をご覧になるのは初めてですか？」

「東日本大震災のとき同じような模様を見た記憶があります」

「あのときは、東日本全域に大規模な地殻変動が起きましたから、何重にも重なった縞模様でしたね」

「SAR干渉解析はいつごろから行われているんですか？」

「そんなに古いことではないんですよ。当初は、どの程度利用できるか皆半信半疑だったんですが、実際に衛星が上がって実証試験を重ねるうちに、若手を中心に利用者が広まり、今では欠かせない観測手法です。『だいち二号』が日本上空を周回するたびに、日本の国土全体をサーベイできるわけですから、その威力は絶大です」

五十嵐は、衛星画像が地上の観測に利用されることは知っていたが、光学衛星が解像度を上げて測定しているものだと思っていた。マイクロ波の位相差を利用したSAR干渉解析は実に斬新だ。

常設展示コーナーをしばらく進むと、『火山のミューオン透視の原理と応用』と題したパネルがあった。

火山に斜め上空からミューオンが降り注ぐ様子が模式図に描かれ、その隣には、浅間山を実際に透視した結果が色鮮やかな写真として紹介されていた。

「これは、ミューオンを使って火山内部のマグマをレントゲン撮影のように透視する方法です」

ミューオンは、宇宙線と大気中の原子核が反応して生成される素粒子《そりゅうし》の一種で、地上に絶え間なく降り注いでいる。ミューオンは、厚さ一キロメートルの岩盤でも透過する能力があるという。

「火山を通り抜けるミューオンの方向と数を麓《ふもと》に設置した検出器で測定します。ミューオンの吸収量を飛来方向ごとに調べれば、その方向に沿った火山内部の密度分布がわかる仕組みです。マグマや岩盤が厚いほど透過数は減り、逆に薄い岩盤や空洞ではあまり減りません」

「ミューオン透視でどんな成果が上がっているんですか？」

「マグマが火山内部で上昇、下降を繰り返している事例を発見しました。これまでは、マグマの塊は火山の中で徐々に上昇して、やがて噴火に至ると考えられていましたが、どうやらそう単純ではないようです」

「ミューオン透視は火山観測にどれくらい使われているんですか？」

「期待は大きいんですが、まだそれほど活用されているとは言えません」

「どうしてですか？」

「やはり取っつきにくいんだと思います。もともと素粒子物理の技術で、雑音の中からシグナルを取り出すのが難しく、透視像を一枚撮るのに一〇日位かかります。それから、検出器の設置場所より深い場所の透視ができない欠点があります」

五十嵐は改めてパネルを注視した。

「でも、穴を掘って地下深くに測定器を設置すれば良いのでは……?」

五十嵐が躊躇《ためら》いがちに口にすると、中西は、

「原理的にはその通りですが、検出器をさらに小型軽量化しなければなりません。それから、地下深くに検出器を設置するには大掛かりな掘削が必要となります」

個人や研究室単位の研究費ではとても足りず、所属する大学や研究機関の組織を越えて共同研究チームで取り組むしかないという。

「でも、ミューオン透視は噴火予知の有力な手法であることは間違いありませんし、先ほどお見せしたSAR干渉解析も含めて、最先端の観測手法を駆使してカルデラ噴火予知に挑戦してゆくつもりです」

最後に、中西は力強く抱負を語った。

第三章　薩摩原発訴訟

1

　薩摩原発訴訟の次回期日を半月後に控え、準備が本格化していた。

　控訴人側が、薩摩原発の申請許可に至る過程で火山専門家がほとんど関与していなかった点を追及してくるのは必至だった。当時の事情をよく知る早川に確認することがたび重なった。

「次に、モニタリング検討チームについて伺いますが」

　五十嵐がそう言うと、ソファで向かい合う早川は額に皺を寄せた。

　平成二十六年八月に設けられた『火山活動のモニタリング検討チーム』のことだ。構成メンバーは規制委員会の地震・火山担当委員と規制庁職員、それに火山学者ら外部専門家が数名加わった。早川も規制庁職員の一人として参加していた。

「地震・火山担当の桜井正治《さくらいまさはる》委員が『そこまで遡って全部引っ繰り返してしまうと、この検討チーム自体が成り立たない』と言って、火山専門家の批判を抑え込みましたね。どんな様子だったんですか」

桜井は、薩摩原発の適合性審査をした当時の地震・火山担当の委員で、すでに他界している。

五十嵐はA4の一枚紙を差し出した。控訴人側の陳述書の写しだ。

早川は手に取ると、眉根を寄せてそれに見入った。

――火山活動のモニタリング検討チーム（第一回）議事録（抄）（平成二十六年八月二五日）

（××専門委員の発言）

•電力会社がモニタリングの主体となるのは無理があり、国の機関が行うべき。

（竹岡専門委員の発言）

•モニタリング（案）の中に、「原子力規制庁は判断した」とか「原子力規制庁は判断を示している」と既定の事実として書かれているようですが、少なくとも、一部は成り立ちません。
・カルデラ噴火に至るような状況ではないと判断したという。その判断内容について幾つか疑義があるんです。その点がはっきりしないので、教えていただきたいんですが。
（桜井委員の発言）
・その点は、現状がこうなっているという認識から我々は始めているので、そこまで遡って全部引っ繰り返してしまうと、この検討チーム自体が成り立たない。現状から出発していただきたい。それが私の考えです。
（事務局の発言）
・検討チームの位置付けについてお話が出ましたので、ちょっと申し上げさせて頂きたいと思います。
・先生方のお知恵を拝借して、規制委員会、規制庁としてやるべきことは何か、それについてご意見を頂いて、方向性を見い出していきたいと考えております。それがこの検討チームの役割なのかなと思う次第です。――

「思い出しましたか？」

頃合いを見計らって訊くと、「ああ、覚えてるよ」と、不機嫌そうな返事が返ってきた。

「薩摩原発の適合性審査の段階で、なぜ火山の専門家を入れなかったんですか？」

原子力規制委員会は、モニタリング検討チームを設置する前に、適合性審査をすでに終えていた。

早川は顔を歪《ゆが》めて五十嵐を睨んだ。わかり切ったこと言わせるな、と目が物語っていた。

「薩摩原発が、初《しょ》っ端《ぱな》で立地不適と烙印《らくいん》押されたらどうするんだよ。のちに肥前原発や伊予原発が続いているんだぞ」

「そうかもしれませんが、火山の専門家を一人か二人入れて、うまく取り込んでおく手もあったのでは？」

検討チームはモニタリングで何らかの変化を検知した際の判断基準を検討する場にする考えだったという。しかし、初会合で検討チームの位置付けを巡って、専門家から疑問が投げかけられた。原子力規制委員会が、薩摩原発について下した結論に疑義があるので、この検討チームで議論すべきとの意見が相次いだのだ。

「桜井委員は、薩摩原発の審査結果を蒸し返そうとする意見にはっきりと釘を刺したんだよ。反対意見が相次いで、会合をボイコットされるんじゃないかと気が気じゃなかった。これはまずいと思って、俺は咄嗟《とっさ》に何か喋ったよ」

「何を喋ったんですか？」

「たぶん、この資料の事務局の部分は俺の発言だと思う。とにかく、その場を収めるのに必死だったんだよ」

早川はそこまで言うと、感慨深げに窓の外に目を遣《や》った。

桜井委員や早川の当時の必死の思いが伝わってきた。

やがて早川は口を開いた。

「昔、水島《みずしま》委員長が記者会見で激怒したことがあったやろ。君、覚えてるか？　火山学者が破局的な噴火が差し迫っているかどうかはわからないとか、差し迫っていないとは言えないとか口を揃《そろ》えるなら、夜を徹してでも噴火予知に全力を尽くすのが火山学者の使命ではないかと」

「えー、覚えています」

その頃、五十嵐は、火山には関係していなかったが、水島委員長が記者会見で怒りを爆発させたシーンはテレビで見て驚いた記憶がある。日和見《ひよりみ》な態度に終始する火山学者とそれに安易に同調する記者らを一喝したのだ。メディアは水島に批判的だったが、普段温厚な水島の覚悟を決めた態度に感動すら覚えた。

「俺は、水島さんのこの発言を聞いて痺《しび》れたよ。現実に、カルデラ噴火が差し迫っているわけではないんだから、再稼働は認めて、もし何か異常な徴候が見られた場合には原子炉を停止する。そのための判断基準は厳しいものにする。そういうロジックで行こうと腹をくくったんだよ」

桜井発言の背景には、当時の関係者の苦渋の決断が隠されていたのだった

2

数日後――

五十嵐は法務省の一室で、河井訟務検事とテーブルを挟んで向かい合っていた。次回口頭弁論の三回目の打ち合せだった。

「適合性審査でカルデラ噴火に至るような状況ではないとした判断に誤りがあるから、モニタリング検討チームで再検討すべき、と竹岡さんらは主張したわけですね？」

河井は桜井発言に至った議論の展開を尋ねた。

「そうです。原子力規制委員会が下した判断の根拠には幾つか疑義があるから再検討すべきだと」

「モニタリングチームの専門家の先生方は、日本を代表する火山学者でしょう？　その方々を適合性審査の段階で入れなかったのはなぜですか？」

尤もな質問だ。誰しもそう思うだろう。五十嵐も早川に同じ質問をしたくらいだ。

「あえて入れなかったのかどうかはわかりませんが……。原子力規制委員会としては、薩摩原発の再稼働をまず実現して、モニタリング体制をしっかり構築することで事後的に安全を担保しようと考えたのだと思います」

五十嵐は苦しいながらも、早川ら先輩たちの取った措置を擁護《ようご》した。

河井は神妙な面持で頷いていた。

「まあ、原子力規制委員会と原子力規制庁そのものが大変な専門家集団なわけですから、火山の専門家が入っていないからといって、直ちに手続き上瑕疵《かし》があるという結論にはならないでしょう。火山だけにそんなにリソースを割くわけにもいかなかったんでしょう」

河井は深くは追及せず、原子力規制委員会が取った措置に理解を示した。

「それはそうと、反対尋問では竹岡さんの発言の変わりぶりを突くんでしょう?」

「ええ、これはまだ未完成ですが、竹岡さんの火山噴火予知に関係する発言を拾い出したものです」

五十嵐はメモを差し出した。

原子力規制委員会関連の会合で講演したときや専門委員としての発言を抜粋したものだ。

——(竹岡専門委員、発言メモ)

(平成二十三年)
・多くの超巨大噴火には、いろいろな先行現象が地質学的に認められている。
・超巨大噴火であっても広域的に考えれば統計的に扱うことができるであろう。
(平成二十五年)

・マグマが急速に蓄積されるという研究結果からすると、噴火の前兆現象は地球物理学的に捉えられるだろうから、モニター可能である。
・こういう巨大噴火について言えば、一つのカルデラを取り上げるのではなくて、南九州の場合は鹿児島地溝があるわけですけれども、地溝全体で熱の放出量がどうなっているかという観点で見ると統計的に扱うことができるであろう。
（平成二十六年）
・前兆を捉えられたとしても噴火に至るまでにどの程度の期間があるかはわからない。――

「ご覧の通り、もともとカルデラ噴火予知が不可能と言ってたわけではないんです。前兆現象をモニタリングできると明言してもいるわけです」

「うーん。なるほどー」

河井は資料から目を離し、五十嵐に顔を向けた。

「竹岡さんは、東日本大震災以前から、原子力に関わりを持ってきた人ですよね。だから、ご自分の過去の発言が原発再稼働にお墨付きを与えたと取られるのが堪《た》えがたかったんでしょう。それで、発言ぶりを修正するようになった。原子力関係者としては、竹岡さんに梯子《はしご》を外されたような気持ちがおありでしょう？」

「私は直接の当事者ではありませでしたが、裏切られたという気持ちになりますよね。東日本大震災があって立場を変えるというのは人情としてわからないでもありませんが、裁判の場で敵対することはないじゃありませんか！」

「まあ、そうですね」

河井も納得顔で頷いた。

「あのー、竹岡さんのような国の審議会の専門委員だった人が住民側の証言台に立つのは、よくあることですか？」

五十嵐は前からこのことを伺ってみたいと思っていた。規制委員会の元委員が、原発の運転差し止め訴訟で原告側の尋問要請に応じたことがあったが、そのときマスコミは極めて異例の事態だと報じていたからだ。

「そんなに珍しいことではありませんよ。訴訟の相手方の会社の従業員を証人申請することだってよくありますよ」

訴訟のプロにとっては、何でもないことのようで、五十嵐の考え過ぎだったようだ。

「竹岡さんに頼り過ぎていたことが、結果的に裏目に出たわけですね。反対尋問では、竹岡さんの発言の変わり様を追及しましょう。このメモは早めに完成させて下さい」

「わかりました。出来次第、お送りします」

「ところで、海洋研究所の大山研究首席の証人申請が受理されたと連絡が入っていま
す」

「えっ？　大山ですか？」

驚きだった。原発反対を標榜《ひょうぼう》する火山学者だ。週刊誌で大きく取り上げられたこともある。大山だと、適合性審査と真っ向から対立するに違いない。

「鬼界カルデラ噴火の可能性について証言するようです。どういう人ですか？」

「鬼界カルデラがいつカルデラ噴火を起こしてもおかしくないと吹聴している人です。反原発を声高に主張する学者としても有名です」

河井は顔を顰《しか》めた。

「尋問はいつになりますか？」

「次々回の口頭弁論ですから、来年一月末から二月頃になると思います」

「竹岡、大山と原告側の証人が続くと、こちらは立てなくていいんでしょうか？」

五十嵐が素朴な疑問を投げかけると、河井は当惑した様子で、

「証人に相応《ふさわ》しい人がいれば立てたほうがいいですが……。でも、桜井さんはすでにお亡くなりでしょう？　他に誰かいますか？」

「原子炉安全専門審査会の下に火山部会はありますが……」

モニタリング検討チームが解散したあとにできた火山部会には、当時の経緯を知る者はいなかった。

「立てる立てない以前に、新たな材料がなければ、申請しても承認されません。無理して立てても、反対尋問で追及され、かえってマイナスということもあり得ます」

「カルデラ噴火予知は決して不可能ではないんだとアピールして、適合性審査の正当性を強調するというのはどうでしょうか？」

「うーん。どうでしょう」

河井は首を傾げた。

河井は国側の証人申請に前向きではなかった。

「まあ、返事は今すぐでなくても結構ですから、検討してみて下さい」

「いつまでですか？」

「そうですね。遅くとも年末までにはお願いします」

次回の口頭弁論に向け、あと一～二回打ち合わせることを確認して、法務省をあとにした。

3

十一月十三日――

「同機はあと十五分ほどで鹿児島空港に着陸します」

機内アナウンスがしてまもなく、飛行機は日向《ひゅうが》海岸を横切り、やがて、霧島連山から白い煙が立ち上がる光景が目に入ってきた。

この日、五十嵐は、福岡高等裁判所への出張ついでに薩摩原発を見ておこうと、福岡便ではなく鹿児島便に搭乗《とうじょう》していた。

空港の到着ロビーを出て薩摩川内《せんだい》駅前行きの高速バスに乗り換えると、一時間余りで到着した。

薩摩原子力規制事務所から、筒井秀行《つついひでゆき》所長が出迎えに来てくれていた。面識はなかったが、グリーン地に襟がグレーの原子力規制委員会の防災服姿だったのですぐわかった。原子力規制庁では、全国の原子力施設所在地に原子力規制事務所を設け、原子力運転検査官や原子力防災専門官などを常駐させている。彼らは、原子炉等規制法に基づき原子炉施設の保安規定の遵守状況について保安検査を実施するほか、運転管理状況の確認、施設の巡視などを行っている。

タクシーで薩摩原子力発電所に向かった。やがて、青と緑の波形模様が外壁に描かれた原子炉建屋が見えてきた。

応接室には、所長以下、技術部長、安全管理部長、安全管理担当調査役と若い所員数人が待機していた。皆、淡いグレーの作業着姿だった。

『原子力規制庁　五十嵐統括企画調整官殿　ご視察スケジュール』と書かれた表紙がパンフレットの上に置かれ、その横には、施設見学に必要なヘルメット、作業着、タオル、軍手、被曝線量計などが用意されていた。

五十嵐の隣に筒井所長が同席し、西南電力側と対峙する形で説明を受けた。施設の概要説明は簡単に留め、すぐ安全管理部長の引率で施設を見て回った。

最初に二号機の中央制御室に入った。その名の示す通り原発の運転を制御するための最重要施設で、原子炉の核分裂反応の制御から発送電まで、原子炉、タービン、発電機の一連の運転と監視を担う。

部屋は制御盤にぐるりと囲まれ、中央には作業机が三つ置かれていた。一〇名ほどの作業員が静かな部屋で計器やモニター画面を見つめていた。運転員が三交代勤務体制で、原子炉などに異常がないか常時確認しているという。

被曝線量計を胸ポケットに装着し、管理区域エリアに入った。ここからは、放射線被曝の恐れのある区域だ。黄色地に赤い三つ葉の放射線マークが扉や壁に幾つも見受けられた。

分厚く円い扉を潜《もぐ》って格納容器に入ると、コンクリートに囲まれた巨大な空間が目の前に広がった。作業員の姿はほとんど見当たらない。中央下に原子炉容器の上蓋《うわぶた》の部分が見えた。大きな円筒形の蒸気発生器が三つ聳え立つ。原子炉容器から出た熱水が、これらの蒸気発生器を通じて熱交換されてタービンに送られ電気エネルギーに変換されるのだ。

「蒸気発生器はいつ交換されました？」

「もう十年くらい前になります」

「ということは、六〇年の延長運転期間に交換は必要ないだろうということですね」

「そう期待しています」

「一号機も同様ですか」

「はい、同じです」

安全管理部長は頷いた。

五十嵐は、経済産業省時代に一度、薩摩原発の格納容器に入ったことがあるが、そのときに比べ、綺麗《きれい》になったような気がした。

格納容器を退出したあと、汚染検査室でハンドフットモニターに手をかざして放射能汚染がないことを確認して、管理区域の外に出た。

「最後に、緊急時制御室をご案内します」

緊急時制御室は、所謂テロ対策施設の要として、既存の中央制御室を代替する役割を果たす施設だ。

安全管理部長のあとをついて、窓のない長いトンネルのような通路をしばらく進んだ。敷地内のどの辺りを歩いているのかわからない。テロ対策施設は、核セキュリティーの観点から設置場所などの情報は公開されていない。

やがて、行き止まりとなり、突き当たりの扉を開けると、制御盤やモニター画面がぎっしり詰まった室内の様子が目に飛び込んできた。中央制御室をコンパクトにした感じの造りだった。

この日見学した箇所は発電所のほんの一部に過ぎないが、安全管理がよく行き届いているのか、全体的によく整頓され無駄のない印象を受けた。

帰りは川内駅までタクシーで行き、九州新幹線「さくら」に乗った。

一時間余りで博多駅に着くと、歩いて数分のビジネスホテルに向かった。六時近いのに、空にはまだ明るさが残っていた。

法務省の河井訟務検事も、同じホテルに泊まることになっていた。部屋で一休みして、約束の七時に河井とロビーで落ち合った。

「今日は鹿児島空港から入って薩摩原発を見学して来ました」

「よかったですね。私は午後二時まで役所にいましたよ」

河井は笑みを浮かべながら言った。

ホテルの前でタクシーを拾って、中州《なかす》に向かった。ネオンがきらびやかに輝く一角で下車し、しばらく辺りを見て回った。

細い路地で手頃な和風居酒屋を見つけて中に入ると、掘り炬燵《ごたつ》式の個室に案内された。

「こういった出張は多いんですか？」

五十嵐はタオルで顔を拭《ぬぐ》いながら言った。

「管轄が決まってるので、滅多にありませんね。その代わり、転勤は多いですよ」

「御前崎原発の訴訟を担当されたときは、静岡にお住まいでしたか？」

「そうです」

ビールと刺身の盛り合わせを注文した。

「私は地方勤務の経験はありませんが、一度経験してみたいですね」

「地方勤務は気を遣いますよ」

「博多みたいな都会ならいいですが、小さな町だと目立ちますからね。下手に騒ぎでも起こそうものなら、すぐ新聞沙汰ですよ」

河井はそう言うと、声に出して笑った。

裁判官の暮らしぶりは、五十嵐には大変興味深かった。同じ国家公務員でも五十嵐のような一般公務員とは随分と異なるようだ。こうしてざっくばらんに話を聞けるのはまたとないチャンスだった。

生ビールが出てきて、ジョッキを合わせて乾杯した。

「皆さん、官舎住まいされるんですか？」

「ええ、職場と官舎を往復する毎日ですよ。近所付き合いもほとんど官舎内だけですしね」

「官舎住まいが多いのは、それだけ転勤が多いからですかね」

「ええ、そうだと思います」

刺身の盛り合わせが円い器に盛られて出てきた。

「珍しい魚ですね。私は、かますと穴子からいただきます」

河井が嬉しそうに刺身を箸でつまんだ。

五十嵐は鯵《あじ》と鯛だ。

「あのー、前から疑問に思っていたんですが、裁判官の皆さん、文系出身じゃないですか。原子力のような技術分野をどうやって勉強するんですか？」

刺身を頬張《ほおば》りながら聞いていた河井は、目が笑っていた。やっと飲み込むと、水を一口飲んで、

「えー？　弱りましたねー」

河井は相好《そうこう》を崩したが、やがて真面目な顔をして、

「私は高校の物理や化学の参考書を引っ張り出して俄《にわ》か勉強します」

「皆さん、そうなさるんですか？」

「さあー？」と首を傾げた。

「そういうことは仲間内で話題にならないんですか？」

「ないですねー」

河井は残っていたビールを飲み干し、ジョッキを空にした。

「多分、そんなことも知らずに判決を下したのかと思われるのが恐いからでしょう。少なくとも、私にはそういう気持ちがあります」

「よくわかっていない人に判断されるのは、結果はともかく、納得できないですよね」

五十嵐はそう言いたい気がしたが、さすがに口には出さなかった。

河井は手洗いに席を外した。

河井のような率直な人だから本音を口にしてくれたのだろうが、おそらく皆似たり寄ったりだろう。世間の人はどう思っているのだろう。裁判官は全知全能の神とでも思っ

ているのだろうか。それとも裁判制度の下でそういう役割を与えられただけなんだと、割り切っているのだろうか。

「以前、東日本大震災で原発裁判は大きく変わったとお話ししましたが、裁判官も大きく変わったんですよねー」

手洗いから戻ってきた河井が口を開いた。顔にはほんのり赤みが差していた。

「どういうふうにですか？」

「原子力に懐疑的な見方をする裁判官が増えているんです」

五十嵐もジョッキを空けた。

「司法関係者のあいだでは、伊予原発訴訟の最高裁判決が、ずっと、原子力裁判の拠《よ》り所になっていました」

平成四年の伊予原発訴訟の最高裁判決で、原子炉設置許可の安全審査では、原子炉施設の基本設計の安全性に係る事項を対象にするのが相当との見解が打ち出された。行政庁の専門技術的審査を尊重し、司法はそれに合理性があるか否かの観点から審査をすればよしとする内容で、その後の原子力裁判の指針的な役割を果たしてきた。

「……しかし最近は、伊予判決を踏襲するのではなく、技術的事項にも踏み込んで判断しようとする傾向が強まっています」

「最高裁判決は、高裁や地裁に対してどれくらい影響を及ぼすんですか？」

「裁判は最高裁であろうと地裁であろうと、建前上は独立です。憲法にも裁判官は良心と法律にのみ基づいて、とはっきり明記されています」

「そうはいっても、地裁は最高裁や高裁の意向を忖度《そんたく》するんでしょう？」

河井は鼻孔を膨らませながら、

「それは、どの社会も同じじゃないですか？」

五十嵐はさもありなんと思ったが、新たな疑問が湧いてきた。

「建前上、独立だとすると、どうやって、最高裁の考えを下に浸透させるんですか？行政の場合は、上級官庁から下級官庁に通達を出せますが」

「かつては、最高裁が裁判官協議会を開催して、言わば統一見解を出していたようです。上意下達《じょういかたつ》で暗黙のうちに統制が図られていたのだと思います。今は、司法研修所の研究会などでやられています。上から下に押しつけるような形は、もうできないでしょうからね。時代の流れでしょう」

「そういうことですか」

こうした噂を耳にしたことはあったが、裁判官の口から直接聞くのは初めてだった。

この日、二人がホテルに戻ったのは午後十時過ぎだった。

4

翌朝、五十嵐は河井とともに、タクシーで福岡高等裁判所に向かった。

福岡高裁は博多駅から西に数キロ行った六本松にあり、福岡城址《じょうし》のある舞鶴公園や大濠《おおほり》公園に隣接し、福岡国際マラソンで有名な平和台陸上競技場もすぐ近くだ。地上十二階建ての真新しい庁舎に地裁、簡裁、家裁とともに入居している。

庁舎の正面玄関付近には、原告団関係者が数十人集まっていた。『火砕流で立地不適』『火山灰で全電源喪失』と書かれた横断幕が掲げられていた。顎鬚《あごひげ》を伸ばした年配のリーダー格の男が、ハンドマイクを使って、「原発に厳罰をー!」などと、声を張り上げていた。

河井のあとについて十一階の大法廷に入ると、被控訴人席にはすでに男性が二人着席していた。二人は立ち上がって、河井と挨拶を交わした。二人とも福岡高等検察庁の指定代理人で、河井と同じく訟務検事だ。

五十嵐は河井の隣に座った。

証人席にはすでに竹岡が座り、前をじっと見つめていた。やや小柄で頭には白いものが混じっているが、エラが張って気の強さを感じさせた。

控訴人席では、原発訴訟弁護団連合会共同代表の葛西のほかに四人の若手弁護士が座って言葉を交わしていた。

濃紺の背広にエンジのネクタイを締めた葛西は、髪をきっちりと分け、生真面目さを窺わせた。

傍聴席に目をやると、原告団関係者や記者らが詰めかけていた。

午前十時、法壇の扉が開いて森川里美《もりかわさとみ》裁判長と二人の陪席が入廷した。

「宣誓書を朗読して下さい」

裁判官の声がすると、書記官の合図で全員起立した。

「宣誓。良心に従って真実を述べ、何事も隠さず、偽りを述べないことを誓います」

竹岡はよく通る声で宣誓書を読み上げたあと、着席した。

「では、控訴人側の主尋問を」

森川裁判長の声が響いた。

ショートヘアーの細面《ほそおもて》でいかにも知的な印象だ。

控訴人側代理人弁護士の葛西が立ち上がり、

「それでは、控訴人のほうからお伺いします」

葛西は竹岡の略歴や専門について質問したあと、薩摩原発の適合性審査の問題点について尋問を始めた。

「薩摩原発の適合性審査については、火山対策の観点からさまざまな問題点が指摘されています。このうち、先生が特に強調されているのは、モニタリングによる予測の困難さとカルデラ噴火の発生間隔予測の問題だと思いますが、ご説明頂けますか?」

「まず前者ですが、原子力規制委員会ではカルデラ噴火の可能性は十分小さいと判断して、その後状況に変化がないことをモニタリングで確認するとしています。しかし、実際にVEI《ブイイーアイ》七以上の噴火を観測した例は未《いま》だかつてありません。つまり、どのような観測事実があればカルデラ噴火を予測できるのか、我々は知見を持ちあわせていないのです」

ＶＥＩ（Volcanic Explosivity Index）とは、噴火の規模を表す火山爆発指数のことだ。放出された火山灰や火山礫などの体積と噴煙高度を元に算出され、〇から八まである。日本で過去に起きたＶＥＩ七相当の噴火としては、約九万年前の阿蘇カルデラ、約二万九〇〇〇年前の始良カルデラ、約七三〇〇年前の鬼界カルデラの噴火などがある。

法廷内は静まり返り、法檀では森川裁判長と二人の陪席が証言にじっと耳を傾けている。

「原子力規制委員会は何を根拠にモニタリングでカルデラ噴火の予知が可能だと言うのですか？」

「モニタリングによってカルデラ噴火をある程度予測できたと思われる例を採り上げているのですが、一般に当てはめるには無理があります。個々の火山や噴火には固有の癖があり、しかもその癖の原因はほとんど解明できていないからです」

「そもそも火山噴火予知は不可能と考えられているわけですね？」

「そうです」

「次に、発生間隔予測の問題点に移りたいと思います」

葛西はそう言って、モニター画面を折れ線グラフの図に切り換えた。

「これは西南電力の説明書にある図ですが、どういうものですか？」

「階段図と言いまして、時間の経過とともに火山噴出量が増えていく様子を示しています。積算値ですから、右肩上がりに増えていきます。この階段図からは、薩摩原発付近のカルデラ火山群が規則的に噴火してきたかのように見えます。そして、VEI七以上の噴火の平均発生間隔は、約九万年というふうに結論づけています」

「確かに規則的な感じがしますね」

「しかし、その考え方には重大な欠陥があります」

「どのような欠陥でしょうか？」

「そもそも階段図は、火山の噴火史を噴出量の観点から定量的に描き出して、マグマの長期的な供給率と噴出率を考察するものです。個々の火山のマグマ溜りが独立していることが前提です」

「ということは、この階段図は特別な意図をもって描かれた図なのですね」

「そうです。噴火間隔が九万年程度に揃うように、カルデラの組み合わせを恣意《しい》的に選んだのではないかと思われます」

（酷い決めつけだ！）

階段図は特別な意図をもって描かれたとか、カルデラの組み合わせが恣意的だとか、明らかに事実と異なる主張だ。竹岡はかつて、南九州では鹿児島地溝全体として統計的に扱うことができる、と言っていたはずだ。

「酷い憶測ですね。これ『異議あり』じゃないんですか？」

隣席の河井に顔を寄せ囁くと、河井は口を窄《すぼ》め軽く頷きながら、

「反対尋問で追及しましょう」

五十嵐は姿勢を正し、控訴人席に目をやった。

「……平成二十六年、『火山活動のモニタリング検討チーム』が原子力規制委員会の下に設置されました。その初会合で、次のような発言がありました」

葛西は、そう前置きして、陳述書を読み始めた。

(やっぱり、桜井発言だ)

「……『その点は、現状がこうなっているという認識から我々は始めているので、そこまで遡って全部引っ繰り返してしまうと、この検討チーム自体が成り立たない。現状から出発していただきたい。それが私の考えです』と。このような発言があったのを覚えていますか？」

「はっきり覚えています」

竹岡はきっぱりと言い切った。

「どのような議論の中での発言だったのでしょうか？」

「モニタリング検討チームが設置される前に、原子力規制委員会は、カルデラ噴火に至るような状況ではないとすでに判断し、適合性審査を終えていました。しかし、この検討チームに出席していた火山専門家は、私も含め誰一人その判断に与《あずか》りませんでした。それで、カルデラ噴火に至るような状況ではないとした判断自体に疑義があるので、この検討チームで議論すべきだとの意見が相次いだのです」

竹岡は一呼吸置いて、さらに続けた。

「ところが、検討チームのミッションは、モニタリングで万が一異常な状況が認められた場合の対応を検討するというものでした。原子力規制委員会の思惑と火山専門家の認識のあいだに大きなギャップがあったわけです。それで、『そこまで遡ってひっくり返す云々《うんぬん》』という発言になったのだと思います」

「発言を聞いたとき、どう思われましたか？」

「議事録の朗読を聴いてもわからないかもしれませんが、凄みのある発言に恫喝されたと感じたのは私一人ではなかったはずです」

　傍聴席から「そげんことするんか！」「ヤクザ紛いの委員会なんかに協力すんな！」「そうだ！」などと非難の声が一斉に上がった。

「傍聴席、静かにして下さい！」

　森川裁判長が窘《たしな》めた。

「火山の専門家抜きで結論を出しておいて、あとになって、都合の良い所だけ知恵を出せと言われているようで、釈然としませんでした。自分たちだけでは知恵が足りないから協力を仰ぎたいということでしたが、それを言うんなら、肝心な決定を下す前に協力を仰ぐべきでしょう」

「そのときの会議場の様子はいかがでしたか？」

「凍りついたような異様な雰囲気でした。もし誰か退出するようなら、私も出ようと覚悟していましたが、事務局の方が必死にその場を取り繕《つくろ》っていました」

「その後、会議のほうはどうなりましたか？」

「桜井委員の発言をきっかけに、火山専門家の批判はやみました。この検討チームは、その後も何回か開かれたようですが、私は、この日を最後に、原子力規制委員会とは一線を画すことにしました」

「終わります」

桜井発言を追及され裁判官の心証を損ねたことは想像に難《かた》くないが、原子力規制委員会の議事録にはっきり残っている以上、仕方なかった。

5

「では、被控訴人側の反対尋問を」

森川裁判長の発言で、午後の審理が始まった。

「被控訴人のほうから尋問します」

河井はすっくと立ち上がると、すぐ要点に入った。

「先生は、随分古くから原子力と関わりをお持ちになられていたようですね。いつからですか？」

「日本電気協会で検討会が始まったときですから、十二、三年になりましょうか」

「その当時先生は、検討会にはどういう立場で参加していましたか？」

「火山の専門家の立場で、検討会メンバーの一員として参加していました」

「ここに当時の検討の結果できた指針があります」

河井はＪＥＡＧ指針をよく見えるように右手で掲げて、

「巻末の検討会メンバーリストに副主査として先生の名前が載っています。先生は議論をリードする立場にあったのではありませんか？　この検討会のメンバーは電力業界の人がほとんどですから、火山の専門家は先生の他にはいません。ですから、内容的には先生が仕切っておられたのではありませんか？」

竹岡は警戒心を強めたようで、河井を見つめる目に緊張感が漲《みなぎ》ってきた。

「副主査と言いましても何人もいましたから、そのうちの一人ということです」

火山専門家と原子力との関わりは調べがついており、ＪＥＡＧ指針の頃から関係しているのは竹岡一人だけだった。

河井は、手短なやりとりの中で、竹岡を徐々に追い詰めた。

「私も策定に関わってはいましたが、協会の事務局が仕切っていました。事務局原案に対して、修正をお願いしたことが何度もありましたが、ほとんど反映されませんでした」

竹岡は、ＪＥＡＧ指針に関わったことは認めるものの、内容に関する責任回避の姿勢は明らかだった。

竹岡はさらに続けた。

「当時は、既存の原発に大きな制約がかからないようにすることが大前提としてあったように思います。もちろん、あからさまには口に出しませんでしたが……。ですから、私が火山の専門家として意見を述べても、多数意見に掻《か》き消されてしまいました」

「いずれにしても、先生は、ＪＥＡＧ指針策定の頃から携わってこられたわけです。それをたたき台にしてできた火山影響評価ガイドに基づいた薩摩原発の適合性審査に、先生は異を唱えておられる。自らを否定することになりませんか？」

竹岡の顔色が変わった。

「ですから、火山影響評価ガイドそのものよりも、薩摩原発の適合性審査に火山の専門家の考えが反映されていないことが問題だと申し上げているのです」

竹岡は苛《いら》立ちを隠さなかった。

河井は尋問を進めた。

「先生は、平成二十五年三月二十八日に開催された原子力規制委員会第二〇回検討チーム会合で、『原子力発電所の火山影響に関する考え方』と題して講演をなされていますね」

竹岡は軽く頷いた。

「先生は、その講演の最後でこう総括しています。『今日お話した内容をまとめますと、まずカルデラ噴火であっても、広域的に考えれば統計的に扱うことができるであろうということです。それから、マグマが急速に蓄積されるという研究結果からすると、噴火の前兆現象は地球物理学的に捉えられるだろうから、モニター可能であるということです。多くのカルデラ噴火にはいろいろな先行現象が地質学的に認められています』」

竹岡は顔を上向き加減に、目を閉じていた。

やがて目を開けると、自信ありげに、

「モニタリングについて発言しているようですが、カルデラ噴火は前兆を捉えられたとしても、噴火に至るまでにどの程度の期間があるかはわからないということを言ったのだと思います。私の持論ですので、それと異なる発言はしていないはずです」

「私が先ほど読み上げました先生の講演の中の発言、『噴火の前兆現象は地球物理学的に捉えられるだろうからモニター可能である』という発言と、たった今先生が仰《おっしゃ》った『前兆を捉えられたとしても噴火に至るまでにどの程度の期間があるかはわからない』という発言は、明らかに違いがあることを指摘させて頂きます」

河井がそう明言すると、竹岡は口を堅く結んだ。

河井の尋問はテンポよく証人の弱点を突き、ポイントを重ねているようだった。

「次に、先生は午前中の尋問で、階段図は個々の火山について描かれるもので、審査書の階段ダイヤグラムは、噴火の間隔が九万年になるように意図されたものだと仰いました。しかし、先生は、この日の講演の中で、南九州のカルデラ噴火については、それぞれのカルデラが勝手に噴火しているわけではないことを強調したうえで、こう述べています」

河井はそう言って、陳述書の該当部分を読み上げた。

「『こういう巨大噴火について言えば、一つのカルデラを取りあげるのではなくて、南九州の場合は鹿児島地溝があるわけですけれども、地溝全体で熱の放出量がどうなっているかという観点で見ると統計的に扱うことができるであろう』」

竹岡の顔がみるみる赤くなった。

「そのように私の発言の一部を切り取って、ストーリーを作られるのは心外です」

「先ほどから私が申し上げているのは、議事録に残っている発言です」

「ですから、話のやりとりの中で発言に多少のブレはあるかもしれません」

河井は追及の手を緩めない。

「さらに言うならば、その日の検討チーム会合では、事務局から火山影響評価ガイドの概要が説明されていますが、先生は特に異論は述べていらっしゃらない」

「私は、その日、講演を依頼されたのであって、それ以上のことを求められていたとは思っておりません」

竹岡はそう言い切ると、口をへの字に曲げた。

「先生のカルデラ噴火に関する発言は、時とともに変わってきたように思いますが、いかがですか？　ご自分ではどのように認識されていますか？」

「言い方に多少の変化はあったかもしれませんが、火山噴火予知ができないという点に関しては、基本的に変わりはありません」

「どうも、先生の数々の発言を拝見しますと、一貫性を欠いているように思えるんですね。午前中に証言された内容は、主に、『火山活動のモニタリングに関する検討チーム会合』での発言だと思います。一方、先ほど私が引用しましたのは、それより一年半前に行われた先生の講演での発言です。このあいだ、変われば変わるものですねー。そう思われませんか?」

竹岡はしばし考え込んだが、やがて、表情を和らげゆっくりと語り出した。

「委員会に火山学者が私一人しかいない場合は、自ずと火山学者のごく標準的な考え方を意識して発言しますし、火山学者が何人もいる場合は、自分自身の考えをより強く打ち出していると思います。ですから、それらを見比べると、発言がぶれているように映るかもしれません。ただ、いずれにしましても、根本的なところで大きく異なるわけではありません」

竹岡は回りくどい屁理屈を持ち出した。

(逆じゃないか?)

うまく言い逃れたつもりかもしれないが、逃げ口上《こうじょう》にしか聞こえなかった。

五十嵐はメモ用紙に走り書きで、『逆、一人では持論、大勢では皆の意見』と書いて、河井の前に差し出した。

上体を屈《かが》めた河井に「逆ですよ」と囁いた。

河井は姿勢を正し、

「先生の今のご説明、逆じゃありませんか？　先生一人の場合はご自分の考えを述べ、他の専門家と一緒のときは多数意見に合わせてきたのではないでしょうか？　つまり、先生は、原子力規制委員会第二〇回検討チーム会合で講演をなされたときは、カルデラ噴火の予知は不可能ではないと述べておきながら、一年半後に行われた火山活動のモニタリング検討チームの初会合では、カルデラ噴火の予知はそもそもできないと述べているわけですから」

竹岡は鋭い視線をこちらに飛ばした。

河井は、それまでの理詰めの追求から一転、穏やかな調子で竹岡に語りかけた。

「先生は古くから原子力に関わってこられた方です。東日本大震災があり、その後、火山影響評価ガイドができ、薩摩原発の適合性評価が行われていくなかで、それまで原子力には関係してなかった火山学者から慎重な意見が相次ぎ、苦しい立場に立たされたのではないかと推察します。そうしたなかで、ご自分の立ち位置を無難な場所にシフトされようとしたということではないでしょうか？」

竹岡の顔がまた紅潮してきた。

控訴人側の代理人らが慌てて立ち上がり、口々に叫んだ。

「異議あり！」

「憶測に基づく発言に過ぎません！」

「関連性がありません！」

「異議を認めます。被控訴人は質問を変えて下さい」

森川裁判長が言った。

竹岡はなおも声を荒げて、

「そういう言い方をされるのなら、私は過去の主張や発言は取り消します。今振り返ると、私としても以前より発言が慎重になったとは思います。しかし、それが問題だと言うんですか！　私が今、声を大にして言いたいのは、火山噴火予知は現在の科学水準では不可能なので、万が一のためにも原発は止めたほうがいいということです」

予定終了時刻が迫ってきていた。

「最後に、講演会で先生が次のように述べられたことを紹介させていただきます。『ただ、こういう大きな噴火が迫っていることを見逃すと、原子力発電所というよりは、カルデラの周辺に住んでいる人々をどう避難させるかという深刻な問題に繋がりますので、国を挙げてこのカルデラ噴火が迫っているかどうかの判断をする必要があるだろうと思っています』」

河井は一呼吸置くと、裁判官、控訴人、証人、傍聴席それぞれに顔を向け、訴えかけるように、

「この発言、私もその通りだと思います。カルデラ噴火が迫っているのかどうかは、国を挙げて判断していかなければならないのです。原発がなければそれでよしと済まされるような簡単な問題ではないのです。終わります」

河井の尋問はさすがだった。竹岡を理詰めな攻めで追及するだけでなく、彼の心中をずばり言い当て控訴人側を慌てさせもした。そして最後には、五十嵐の言いたいことまで代弁してくれた。

「本日はこれで閉会します。次回期日は来年一月三十日になります」

裁判長の声が法廷内に響いた。

時計は午後三時半を指していた。

6

部長室の扉をノックして中に入ると、早川はソファで新聞を読んでいた。

五十嵐は、「先週、福岡高裁に行ってきました」と言いながら、早川の向かいに腰を下ろすと、早川は新聞を畳んでテーブルに置いた。

「竹岡さんは気性の激しい人でしたねー」

五十嵐が驚いたように言うと、早川はふんと鼻を鳴らした。

「反対尋問で河井検事が竹岡さんの発言が徐々に変わってきているのではないかと指摘すると、顔を真っ赤にして反論してきました」

「一番触れられたくない点やろうからな」

「火山の専門家抜きで間違った結論を出しておきながら、都合の良い所だけ協力を求める、と原子力規制委員会のやり方に不満を募らせていましたよ」

「竹岡さんの意見は、いろんな形で反映しているんだがなー」

早川は不満げだ。

「桜井発言があったときには、もし誰か退出でもしたら、自分も行動をともにするつもりだったそうです」

早川は口を歪めた。

「全体として、相手の主張は予想どおり、反対尋問はまずまずのできかなと思います」

早川が、「ご苦労さん」と立ち上がりかけたとき、五十嵐は身を乗り出して、

「竹岡さんに続いて、次回も原告側の証人が立ちます。こちら側も証人を立てるべきだと思うんですが、どうでしょうか?」

結果報告より、この相談をするのが本題だった。

火山の専門家抜きで結論を下したとの竹岡の主張に反駁《はんばく》するには、当時の事情を熟知している早川が証言するのが良いと思うからだ。

「証人立てたほうがいいの?」

再びソファに腰を下ろした早川の額には横皺が浮かんでいた。

「当然そうだと思いますけど……」

「法務省は何と言ってるの?」

「新たな事実なり証拠があれば、立てたほうがいいと」

「そりゃそうだよ!」

早川は当たり前だと言わんばかりに声を張り上げた。

「部長は経緯をよくご存じでしょう？　どうですか？」

五十嵐がさりげなく口にすると、早川は自分の顔を指差して、

「俺があ？　まさか！」

早川は目を剥《む》いて、吐《は》き捨てるように言った。

「君がやる手もあるよ」

（なにい！）

「そりゃ、ないですよ！」

思わずきつい言葉が口を突いて出た。

「私は、当時の経緯を資料からは知ってはいますが、直接の当事者だったわけではありませんよ」

「そう、むきになんなって」

早川は五十嵐を宥《なだ》めた。

「こちらに有利な証言を引き出せればいいんだろう？　何も桜井発言にそんなに拘る必要はないよ」

早川の言う通りかもしれない。被告側に有利な証言を引き出すことが肝心だ。

「長友《ながとも》火山部会長はどうだ？」

「私はまだ面識がありませんが、引き受けてくれそうな人ですか？」

「火山部会長も無理をお願いして引き受けてもらった人だよ。ひょっとしたら協力してもらえるんじゃないか？」

火山部会長には、当初、竹岡を予定していたが、火山モニタリング検討チームの専門委員を途中で辞任したことで、Ｋ大学の長友教授にお願いしたのだという。

一旦、自席に戻り、長友部会長の電話番号を確認した。

執務室を出て、庁内の空いた会議室から、長友に電話してみた。周りに聞かれるのが憚《はばか》られたからだ。

『はい、長友です』

「原子力規制庁の五十嵐と申します。突然のお電話で失礼します。ご存じかと思いますが、薩摩原発の設置変更許可の取り消しを求めた行政訴訟が行われています。その裁判で、先生に証言をお願いできませんでしょうか？　時期は来年三月頃になります」

沈黙がしばらく続いたあと、

『私は裁判のことはよくわかりませんので……』

「内容はそう難しいことではございませんで、法務省のお役人が火山噴火について質問しますから、それに答えていただくわけですが、質疑はあらかじめ打ち合わせできますので、ご安心下さい。先生ご自身の率直なご意見を陳述いただければ大丈夫です」

『いや、私にはちょっと無理な気がします』

「いますぐご返事をということでもありませんので、一つご検討いただけないでしょうか？　よろしくお願いします」

色よい返事をすぐもらえるはずもないので、取りあえず話を受け止めてもらえればよしと思い、電話を切り上げた。

第四章　霧島山御鉢《おはち》噴火

1

　十二月六日、金曜日――

　執務机の前のソファで内山と打ち合わせをしていると、急に騒がしくなってきた。辺りを見渡すと、大部屋の中程《なかほど》に置かれたテレビの周りに人だかりがしていた。五十嵐もテレビに急いだ。

『九州、宮崎県の霧島山御鉢が噴火』

　テロップを目にした途端、薩摩原発のことが頭をよぎった。

　気象庁の緊急記者会見に画面が切り替わり、松丸火山課長が緊張した面持で原稿を読み上げげた。

「本日十四時四十五分、霧島山御鉢が噴火しました。噴火警戒レベルを二から五に引き上げました。火口から四キロメートル程度の範囲に影響を及ぼす噴火を予想……」

噴火警戒レベルとは、噴火が起こった際の影響の大きさを示す指標だ。低い方から順に、レベル一（活火山であることに留意）、レベル二（火口周辺規制）、レベル三（入山規制）、レベル四（避難準備）、レベル五（避難）と定められている。

現地映像に切り替わった。

画面が激しく揺れ、荒い息遣いに悲鳴や叫び声が交錯《こうさく》する。

「やばい。早く降りないと」「大変だー！」「うわあー！」「急げー！」

噴火に遭遇した登山者が撮った映像だ。

既視感があった。十年近く前の御嶽山《おんたけさん》の噴火だ。あのときは、昼間家でテレビを見ていたら、突然、物凄い勢いで迫る噴煙の映像に切り替わった。それと同じような光景が、今繰り広げられていた。

画面はまもなく上村《うえむら》官房長官の記者会見に変わった。

『……沢田《さわだ》総理より、被災状況の把握、被災者の救助・住民の安全確保に全力を挙げるよう指示がありました。午後三時半より関係省庁担当者会議を開催します』

五十嵐は内山との打ち合わせを中断して、薩摩原発に何か影響があったかどうか確認するよう指示し、自身はネットで霧島山御鉢の関連情報を集めることにした。

——霧島山は、宮崎県と鹿児島県の境に位置し、多数の山々が連なることから、霧島連山とも呼ばれている。御鉢は、高千穂峰《たかちほ》の西側斜面に寄り掛かるように重なる円錐《えんすい》形の標高一四〇八メートルの火山だ。直径約六〇〇メートル、深さ約二〇〇メートルの円形火口を擁し、有史以降の霧島山において最も活発に活動している火山である。——

三十分ほどすると、内山がやって来て、

「さっき電話で連絡が取れまして、噴煙もなく特に変化は見られないとのことでした。噴火に伴う震度は一だったようです」

予想した通りとはいえ、問題ないとの連絡に五十嵐は安堵した。

「このクラスの噴火はまったく問題にはならないんだったよね」

「ええ、噴煙を除けば心配することはないと思います。あとで地殻変動の観測データを送ってくるそうです」

内山は落ち着いていて、いつになく頼もしく見えた。

「じゃあ、今日はそれが来るまで付き合うとするか」

五十嵐は自席のパソコンで噴火情報を追った。

死傷者が四名、行方不明者が一一名に増えていた。

宮崎県の男性の談話が載っていた。


――仲間と一緒に休憩していたら、突然ドーと雷のような音がして、噴煙が立ち上がりました。これはやばいと思って、岩場をひたすら走りました。日差しが灰で遮《さえぎ》られ、真っ暗になって、目も鼻も喉も痛く、息苦しかったです。眼鏡のレンズが灰まみれになって、困り果てました。――


今日は帰りが遅くなるかもしれないと思って、地下のコンビニでサンドイッチと飲み物を買ってきて、内山に半分分けた。

「ありがとうございます」

「内山さん、いつも晩飯はどうしてるの?」

「遅くなるときは、おにぎりかサンドイッチでお腹の足しにしますけど、大抵は家に帰ってからです」

薩摩原発から地殻変動データを送ってきたのは、午後八時過ぎだった。

さっそく打ち合わせ用のテーブルの上に広げた。加久藤・小林カルデラを挟む形で設定した基線グラフだった。基線は水平か少し傾いた直線になるのが普通で、水平なら二地点間の距離に変化なく、右肩上がりは伸び、右肩下がりは縮みを意味する。

「何か出てる？」

「ここに変化が出ていますね」

内山が指差した箇所は、基線が不連続になっていた。それまで継続していた縮み傾向が一転、急な伸びに転じ、それが一年ほど続いたところで、突如、三センチほど縮んでいた。

「霧島山は十年余り前に大きな噴火があったよね。これがそのときの変化なの？」

「そうです」

霧島山は新燃岳《しんもえ》が二〇一一年に約三〇〇年ぶりの噴火を起こしていた。

「今日の噴火はここ？」

五十嵐は基線の一番右端を指した。水平線が半年前から右肩上がりになっていた。

「そうです。今日の噴火に伴う変動はまだ反映されていませんが、おそらく、新燃岳の噴火のときのように急激に下がって不連続になると思います」

「基線の変動具合から見て、今回は新燃岳と比べてどうだろう?」

「同程度か、少し小さいといったところではないでしょうか?」

内山は、断定は避けながらも、自信ありそうだった。

今回の噴火が心配するほどのものではないことが、地殻データからも裏付けられたようでさらに安心感を高めた。

「明日、火山噴火予知連が開かれたら念のため様子を見てきます」

こうした大きな噴火があると、大抵、翌日には火山噴火予知連の臨時会合が開かれる。

「うん、頼むよ」

この日は思ったより早く、午後十時前に職場をあとにすることができた。

翌日の朝刊には、火砕流が南方向に二キロメートルほど流下《りゅうか》し、大きな噴石が火口から二キロメートルの範囲に飛散したと報じられていた。また、噴煙は東に流れ、その高度は火口上空約七〇〇〇メートルと推定されるとのことだった。

テレビでは、体育館や公民館に避難した被災者の様子や、目撃者のインタビューなどが放映されていた。今朝八時の時点で、死傷者は一〇名、行方不明者は九名になっていた。

この日午後二時より火山噴火予知連の拡大幹事会が開催され、夕方には、その結果が気象庁ホームページに掲載された。火山活動は小康状態を保っており、今後の見通しとしては、火砕流を伴う噴火の可能性があると記されていた。

昨夜、職場で地殻変動データを確認したこともあって、随時入る情報にも気持ちに余裕を持って受け止めることができていた。

2

十二月九日、月曜日――

出勤すると、原口長官から朝一で電話があった、と庶務の女性から知らされた。急いでいたようだという。

（霧島？）

いやな予感がした。

週末は、テレビやネットで火山噴火のその後の様子をチェックしていたが、特に大きな変化はなかった。今朝の段階で、噴火警戒レベル五、死傷者一五名、行方不明者四名と報じられていた。

長官室に急いだ。受付の女性秘書に目顔で合図して、「五十嵐でございます」と言いながら、中に入った。

原口は硬い表情をして応接ソファに座っていた。

「まあ、座ってよ」

五十嵐は、原口の真向かいに腰を下ろした。

「今朝、杉原《すぎはら》官房副長官から電話があってね、今日三時半に官邸までご足労願いたいと」

「官房副長官？」

五十嵐は首を傾げた。皆目見当がつかない。

「用件は？」

「問いかけたが、すぐ電話が切れてしまった」

霧島噴火のことで内閣官房から電話を寄越したのだろうか、それとも、原口が霧島噴火のことではないかと思って五十嵐に電話してきただけなのだろうか……。

「霧島は収まってきてるの？」

「小康状態を保っていますが、これまでに死傷者が一五名、行方不明者が四名出ています。噴火警戒レベルは五のままです。杉原官房副長官はどういう方ですか？」

「元財務次官だよ」

官房副長官は、政務と事務が置かれており、事務には有力官庁の次官経験者が就くケースが多い。

「薩摩原発に何か影響出てる？」

「臨時の火山部会を開いて西南電力から詳細を聴くことになると思いますが、これまでのところ降灰もなく、影響はないようです。まあ、このレベルの噴火は、我々が問題視するカルデラ噴火とは、まったく関係ありません」

五十嵐は、重苦しい空気を払拭《ふっしょく》するようにそう断言した。

警察庁出身の原口は、技術的な知識に乏しかった。

「念のため同行してくれるかな」

「はい、わかりました」


午後三時過ぎに公用車で総理官邸に向かった。

六本木ファーストビルを出て、米国大使館前の交差点をかすめて、外堀通りを横切った。

官邸の受付ロビーで面会証に記入し、金属探知機による検査を受け、中に入った。階段で四階に上がり、内閣官房長官、同副長官など官邸幹部の執務室が居並ぶ廊下を進んだ。

杉原官房副長官と表札の掛かった部屋に入った。受付の男性秘書に原口が用件を告げると、「すぐ、戻ります」と言いながら、室内の応接ソファに案内された。

「やあ、お待たせ」

杉原が勢いよく駆け込んできた。

頭は禿《は》げ上がり華奢《きゃしゃ》な身体つきだが、血色がよく活力が漲っている感じだ。

原口はすばやく立ち上がると、姿勢を正し深々とお辞儀しながら、

「原子力規制庁長官の原口でございます」

五十嵐も原口の動きに倣った。

「こちらは、統括企画調整官の五十嵐です」

「五十嵐でございます」

杉原がソファに腰を下ろすのに合わせ、原口と五十嵐も腰を下ろした。

「霧島、このまま鎮静化するといいんですけどねー」

(やはり……)

「原発には影響はありませんか?」

「西南電力の薩摩原子力発電所でございますか?」

「もちろん」

杉原は、当たり前のことを訊くなと言わんばかりだ。気が短かそうだ。

「今回の噴火は原発に影響をもたらすようなレベルではございません」

原口はそう言うと、五十嵐に顔を向けた。

「しかし、御嶽山と同じように死傷者が出てるから、油断できませんよ。また噴火するかもしれないでしょ」

杉原の目は鋭い。

「原子力規制委員会は、原発の停止命令を出せるんでしょう？」

唐突に停止命令と言われて面食らった。

「どういう条件で停止命令を出せるんですか？」

杉原は矢継ぎ早に質問を投げかける。

原口は五十嵐に顔を向け、目顔で発言を促した。

「基準として具体的に明文化したものはありませんが、総合的に判断して……」と五十嵐。

「同じような規模で再噴火があった場合には、薩摩原発は止めてもらいたい」

杉原ははっきりと言った。

「私どもは、ルールに基づいた規制行政を目指していますので……」

原口は、口籠《ごも》りながらも抵抗した。

「そういうのは透明性に欠けるのではないでしょうか？」

五十嵐が口を挟むと、

「明確な基準がないほうがよほど透明性を欠くんじゃないの」

杉原はすぐ言い返した。

沈黙が続いた。

「参院選がそう遠くないことはご存じですよね？」

杉原はねっとりとした視線を這《は》わせながら、鼻声で言った。

参議院議員選挙が来年夏に予定されていた。このところ、国政選挙では、原発が主要な争点の一つになっていた。

「選挙に負ければ、原子力そのものが否定されかねない。そうすれば、いずれ原子力規制委員会だって必要なくなるかもしれない」

杉原は言い過ぎたと思ったのか、拳を口許《くちもと》に当て、

「いや、失礼。廃炉があったね」

原子力規制委員会を小馬鹿《こばか》にしたような物言いに、五十嵐はカチンと来て、

「原子力規制委員会がどうのこうのというようなケチな考えはありません」

原口が五十嵐の肩を突き、諫めた。

杉原は五十嵐を無視するかのように、原口の顔を覗《のぞ》き込んで、

「長官、よろしいですね」

「はっ、はい」

杉原はすっと立ち上がると、また勢いよく部屋を出て行った。

二人は慌てて立ち上がると、杉原を呆然と見送った。

さっき通ってきたばかりの通路を無言のまま出口に戻った。

公用車で官邸をあとにしたときには、すでに日が暮れかけていた。

「言い過ぎましてすみませんでした」

「済んでしまったことは仕方ないよ」

沈黙が続いた。

通りを行き交う車もヘッドライトを点灯し始めていた。

「それにしても弱ったな……。このまま収まってくれるといいんだが……」

座席に深々と体を沈めた原口が呟いた。

「この話、委員長にはどうしましょうか？」

五十嵐の問いに原口は「そうだなー」と呟くだけだった。

原子力規制委員会委員長と原子力規制庁長官の関係は、微妙だ。表向きは委員長がトップとして規制委員会を代表、長官は事務方のトップとしてあくまで事務の統括をする立場だ。しかし、学者出身の須藤にこういった事案をさばくのは荷が重い。まして、須藤は委員長に就いてまだ間もない。下手をすると、話が拗《こじ》れないとも限らない。

「まず、庁内幹部で相談しよう」

六本木ファーストビルに到着して車を降りるとき、原口はそう口にした。

3

翌日朝一で、早川に官邸から指示があったことを報告した。原口の意向を踏まえ、午前中にも規制庁幹部で議論することとなり、五十嵐はすぐ関係者を時間調整しながら回った。

午前十一時半に関係者が長官室に集まり、会議用テーブルに着いた。

原口の左隣に中森寿《なかもりひさし》次長、その向かい側に、早川を真ん中に佐々木健夫《ささきたけお》総務部長と五十嵐が座った。

「五十嵐君、説明してくれるかな」

原口の指示で、実際の発言ぶりを交えながら順を追って説明した。

「……杉原官房副長官は、原発の停止命令を出すための条件は何かと問うので、明文化した具体的な基準はないと伝えたところ、『同じような規模で再噴火があった場合には、薩摩原発は止めてもらいたい』と。それから、参院選が遠くないことから選挙で原子力が否定されることを警戒する発言があって、最後に、『長官、よろしいですね』と念を押され、『はい』と返事をしました」

五十嵐は一通り説明を終えたところで、

「長官、何か付け加えることがありましたらお願いします」

「まあ、そんなところだろう」と原口。

しばらく沈黙が続いた。

「官房副長官は参院選対策のために『止めろ』と言ったの？」

佐々木が上体を前にせり出して、五十嵐に顔を向けて言った。

環境省プロパーの佐々木は激しい性格の持ち主で、筋の通らないことが大嫌いだ。福島第一原発事故では廃棄物処理に奔走《ほんそう》した。

「はっきり言ったわけではありません。話のやりとりの中で『参院選がそう遠くないことはわかっているよね』との発言があったということです」

「脅迫じゃないか！　紛れもなく脅迫だよ！」

佐々木は息巻いた。

「それにしても露骨ですね。御前崎原発の停止のときみたいですね」

中森が評論家然とした口ぶりで言った。原子力安全基盤機構出身で、原子力のハードに精通した技術屋だ。規制庁ナンバー2の立場を弁《わきま》えてか、普段から原口に寄り添った発言が多い。

「御前崎原発の停止より質が悪いですよね。あのときは、菅原総理が強引に仕掛けたことは少なくとも公になってましたから」

当時、原子力安全・保安院で事故対応に当たった早川も同調した。

菅原総理の強い要請を受け、中京電力は念書を交わしたうえで自主停止を決定したという。

「あんなの菅原の延命策。民政党内部からも菅原内閣打倒の動きが強まっていたからね。国民を人質に取った卑怯《ひきょう》な手なんだよ。もともと市民運動家だから、自己保身に長けていただけだ」

佐々木が舌鋒《ぜっぽう》鋭く菅原を非難した。

「あのときは原子炉等規制法に基づいて停止命令を出せるかどうか、今日中に答えを出せと言われて院内はてんやわんやでしたよ」

早川が当時の思いを述懐した。

御前崎原発停止のことになると、話が熱を帯びる。このメンバーでは、原口と五十嵐を除いて、福島第一原発事故に直接関わっていた。立場は違っても、皆強い蟠《わだかま》りを持っていた。

「まあ、未曾有《みぞう》の事態で、仕方なかったんだよ。民政党政権では危機管理は望むべくもなかったわけだし……。ところで、薩摩原発はいまどういう状況なの？」

原口が話を元に戻した。

「一号機は、今年の六月が四〇年の期限ですでに停止、延長運転の認可は下りて、現在は対策工事中です。二号機は来年十一月が四〇年期限で、営業運転中です。六月に延長運転申請があり、現在審査が行われています」

事前に調べておいたメモを見ながら、五十嵐が説明した。

「そうか四〇年かー。一号機が工事中だとすると、問題は二号機だけだな」

早川が言った。

「官邸は、停止命令と言ってるの、それとも自主停止？」

佐々木が質問した。

「その点は明確ではなかったですね」

五十嵐が答えると、原口はすかさず、

「自主停止という趣旨だったよ」

原口の胸の内は自主停止にあるようだ。五十嵐の認識では、杉原は停止命令が頭にあったものの止め方には拘《こだわ》っていなかったと思うが、原口は自主停止が落としどころだと見定めているのだろうか。

江崎との会話が五十嵐の頭をよぎった。

「電力会社が自主停止を言い出すとは思えませんが」

五十嵐が控えめながらも口にすると、原口は、

「もちろん、西南電力に自主停止を促すのはウチの仕事だけどね」

「電力もいつまでも国の言いなりではないですよ」

五十嵐が食い下がると、原口は強めの口調で

「だから、理屈をうまく示し合わせておく必要があるんだよ。降灰量が想定よりも多いので念のため停止した、というようなわかりやすい理屈を」

「西南電力をせっついて自主停止したとしても、どうせ政府が裏でやらせたんだろうと勘繰られますよ」

佐々木の辛辣《しんらつ》なもの言いに、皆沈黙した。

しばらくして、早川が独り言のように言った。

「定期検査を前倒しにする理由があればいいんだけどなー」

「十月に定期検査を終えたばかりですよ」

五十嵐が即答すると、出鼻を挫《くじ》かれた形の早川はうーんと唸《うな》った。

原発の定期検査は、十三カ月を超えない期間ごとに行わなければならないと法律で定められている。早川の狙いはわかるが、十月に定期検査を終えたばかりの二号機は、来年十一月まで特に停止する理由はないのだ。

「太陽光発電の出力制御と絡める手はありませんか？　停止時期と出力制御の時期が重なれば、うまくいくかもしれません」

中森が遠慮がちに新たな案を披露した。

出力制御とは、電力の需給バランスが崩れないよう、電力会社が太陽光発電の事業者などに一時的に稼働停止を求める制度だ。

西南電力では、他の大手電力に先駆けて、数年前より出力制御を度々実践してきていた。

「ゴールデンウィークで工場が一斉休暇に入ったらいいかもしれませんね」

早川が言うと中森は、

「九州だから晴れた日なら日中は太陽光発電だけで賄《まかな》えるでしょう」

「それだとゴールデンウィークの頃に限定されませんか?」

五十嵐が疑問を投げかけた。

「新年度に入った頃に再噴火があれば、参院選は六月か七月だから、真夏の電力需要のピークまでに営業運転に復帰できて……」

早川が皮算用を巡らせた。

「おいおい、噴火時期の勝手読みは駄目だよ。天災は都合悪いときにやってくるんだからね」

原口が慌てて調子の良い話に釘を刺した。

「まあ、本件は五十嵐君に少し検討してもらおうと思うが、どうかな」

原口の一声に皆神妙な顔をして、異論を挟む者はいなかった。

「五十嵐君、いいね」

原口に目を見据えながら念押しされると、釈然としなかったが頷くしかなかった。

こういった政治マターは、事務レベルの検討というより幹部の責任で決断すべきことではないか、と言いたかったが我慢した。

4

翌々日の午後、原子炉安全専門審査会火山部会第八回会合が開催された。

モニタリング結果の評価と原子炉停止の判断目安について調査審議するため、平成二十八年に設置された部会だ。原子炉安全専門審査会の審査委員、臨時委員など数名で構成され、関係行政機関から気象庁と国土地理院が参加している。

電力会社から火山の活動状況について定期的に報告を受けてきたが、結論は特段の変化なしで毎回一緒だった。今回は、霧島山御鉢の噴火を受け急遽《きゅうきょ》開催することになったが、結果は誰の目にも明らかだった。

五十嵐はオブザーバー席に座って、会合の様子を窺ったが、会議の中身よりも会議終了後に長友部会長に薩摩原発控訴審での証人を引き受けてもらうようお願いすることが目的だった。

「本日の会合の趣旨は、西南電力より霧島火山の噴火に係るモニタリング結果の説明を受け、火山影響評価に変更があるかどうか判断することです」

長友が開会挨拶を始めた。スクエアな黒縁眼鏡をかけ、実直そうな印象を受けた。

この日、西南電力からは立地環境部長ほか数名が出席していた。

「薩摩原発のモニタリング対象としましては、カルデラが五つございますが、今回、霧島山の噴火ということで、加久藤・小林カルデラの評価結果についてご説明申し上げます。なお、モニタリングの主な項目としては、地殻変動と地震活動になります」

加久藤カルデラは、約三十三万年前の破局的噴火によりできた宮崎県南西部に位置するカルデラ、一方の小林カルデラは、約五十二万年前の噴火により出現したカルデラで、互いに隣接した位置関係にある。

霧島は、これらカルデラの噴火活動から約十四万年後に活動が始まり、長い歴史を経て出来上がってきた活火山だ。

「まず、地殻変動につきましては、GNSS連続観測データをお示ししております。加久藤・小林カルデラには、牧園《まきぞの》―えびの、鹿児島大口《おおくち》―野尻《のじり》、熊本相良《さがら》―都城《みやこのじょう》、えびの―鹿児島大口と測線が四本あります。このうち、牧園―えびのに着目しますと、二〇一〇年から二〇一一年にかけて急激に上昇したあと、プロットが途絶えて、急激に低下しているのが見てとれます。これは、二〇一一年の新燃岳噴火に対応するものです。今回の噴火でも、程度は小さいですが、同様のプロットの途絶えが認められます」

他の三つの測線には大きな変化は見られなかった。

「次にお示しするのが、陸域観測衛星『だいち二号』の衛星画像を国土地理院で解析した結果になります。霧島山の山体膨張の様子が窺えます。噴火の約半年前と噴火後の今月十二日を比べると、山の西側斜面で数センチから十数センチの縮小が見られます。これも二〇一一年の噴火のときと同様の変化です」

産技研で見たのと同じような色鮮やかなSAR（合成開口レーダー）干渉画像で、どの辺りに地殻変動が現れているか一目瞭然だった。

地殻変動のあと、地震活動の説明が続き、その後、質疑応答に移った。

「二〇一一年の噴火のときは鎮静化するまでにどれくらい時間がかかったんですか？」

規制委員会で地震・火山担当の橋山孝志《はしやまたかし》委員が質問した。橋山は地震が専門の元大学教授だ。

「二〇一一年の噴火は新燃岳の噴火ですが、一月に最初の噴火があって、最初の二カ月間は何度か噴火がありましたが、その後、徐々に収まり、最後に噴火があったのは九月だったようです」

立地環境部長が手元の資料を確認しながら答えた。

「今回もそのときと同じような経過をたどると考えてよろしいですか？」

「今回は新燃岳ではなく御鉢の噴火ですが、霧島全体の地殻変動の様子、衛星画像などから、その可能性が高いのではないかと考えています」

「この会合の目的は、適合性審査のときの火山影響評価が引き続き維持されているかどうか確認することにあるわけですが、その点はいかがですか？」

「維持されていると考えて良いのではないでしょうか？」

立地環境部長の控えめな回答を、長友が補足した。

「今回の噴火は、霧島山連峰の後カルデラ噴火ステージにおける噴火の一つで、火山影響評価にはなんら変わりはありません」

「わかりました」

橋山は大きく頷いた。

「降灰の影響はないんですか?」

若手の審査委員が質問した。

「噴火してから昨日まで、薩摩原子力発電所に降灰はございません」と立地環境部長。

「風向きが逆だからですか?」

「そうです」

その後、観測機器のテクニカルな問題について質疑が行われたあと、長友部会長による総括が行われた。

「本日の会合は、あくまで念のための確認という趣旨で開催したわけですが、結論としまして、霧島山御鉢の噴火はあったものの、加久藤・小林カルデラの活動状況に特段の変化は認められず、評価時点における根拠が引き続き維持されていることが確認されました。それでは、これで閉会と致します」

会議は予定より三十分ほど早く終了した。

五十嵐は長友部会長に歩み寄って、

「長友先生、先日お電話しました五十嵐です」

名刺を差し出すと、長友も慌てて背広の内ポケットから名刺を取り出した。

「あのー」と用件を切り出そうした途端、「先日の話でしたらお断りします」と機先《きせん》を制されてしまった。

長友の顔はそれまでの優しそうな表情から一変していた。

「ここではなんですから、場所を変えましょう」

五十嵐は六本木ファーストビルの地下にある喫茶店に誘った。

昼時と違って、店内は閑散としていた。

一番奥の席に座って、コーヒーを二つ注文した。

霧島の噴火についてしばらく話を交わしたあと、用件を切り出した。

「以前、お話しした件ですが、お引き受けいただけないでしょうか?」

長友はまた硬い表情で、

「さっき言った通りです」

「そこを、なんとかお願いします」

五十嵐はまた頭を下げた。

断りますの一点張りだと、五十嵐としてもそうするしかなかった。

堂々巡りを二〜三度繰り返したあと、長友はやっと重い口を開けた。

「証言台に立つと、反対側から厳しく追及されるんでしょう？」

眼鏡を通して見える瞳は優しかった。

「一日だけですし、そういうことにはならないと思います」

「火山部会長の打診を受けたときも、西南電力の関連会社からもらっていた奨学寄付金のことがあるので、当初は断ったんですよ」

「だそうですね。早川規制部長から伺いました」

「事務局の人から、ルール上問題はないし、是非にということで、引き受けることにしましたけどね」

「原子力規制庁には利益相反の内規がありますから、それに抵触しなければ大丈夫ですよ」

「でも、後日マスコミ取材を受け、結局、週刊誌に書かれました」

「どういうふうにですか？」

「西南電力系の某コンサルタント会社から、三年間にわたり、計八〇〇万円を受け取って……」

長友は週刊誌の話をし終わると、コーヒーに口をつけた。

「そうですかー」

「ルール上大丈夫だといっても、世間から後ろ指差されることに変わりはありませんから。今だって、いろいろ言われてるんですよ」

「火山部会長をされていることにですか？」

長友は頷いた。

「火山学会は、火山噴火の予知はできないというスタンスを取っているんですよ。原子力規制委員会のスタンスは違うじゃないですか。そりゃ、言われますよ」

長友はコーヒーを飲み干した。

五十嵐は話を聞いているうちに、これ以上無理強いはできないと思えてきた。火山部会長を引き受けたがために仲間内で肩身の狭い思いをしているとなると、さすがに証言までお願いするわけにはいかなかった。

この日、五十嵐は資料作成に協力してもらう約束を取り付けるのが精一杯だった。

5

霧島山御鉢の噴火からちょうど十日目に、参議院災害対策特別委員会が開催された。

この日の審議は、気象庁に対する質問が大半だったが、原子力規制委員会にも民自党の近藤議員から質問が予定されていた。

十月に行われた資源エネルギー対策委員会と同様、須藤、早川、五十嵐の三人で臨んだ。

近藤の気象庁への質問は、火山の監視体制の話だった。

「気象庁長官にお尋ねします。我が国の火山噴火の監視体制について説明して下さい」

沼田《ぬまた》気象庁長官は、答弁用紙を読み上げた。

「気象庁では、過去一万年のあいだに噴火のあった火山を活火山と定めています。我が国には現在一一一の活火山がありますが、そのうち、噴火履歴や噴火した場合の周辺への影響などを評価して、五〇の火山を常時観測の対象としています。常時観測火山では、地震計、傾斜計、空振計《くうしん》、ＧＮＳＳ観測装置などを火口付近や山麓に設置して、二十四時間体制で観測を続けています。また、さらに絞り込んで、三〇の火山については、噴火警戒レベルを五段階に分けて、対応を定めています」

「一一一の活火山があるということですけれども、その中にカルデラは含まれているんですか？」

イエス・ノーで答えられる質問なのに、なかなか答弁に立たない。

委員会室がざわついてきた。

沼田に顔を近づけ真剣な表情で話す松丸課長の姿が目に入った。

「沼田気象庁長官」

篠塚《しのづか》委員長が答弁を催促した。

やっと沼田はマイクに進み出ると、

「そういう意味では、カルデラは一一一の活火山の中に含まれておりません」

「なぜ含まれていないんですか？」

「噴火が想定されていないからです」

「気象庁の監視観測ではカルデラ噴火は想定していないということですか？」

沼田は、松丸から受け取ったメモを手にマイクに歩み寄り、

「えー、想定していないわけではございませんで、カルデラ噴火に類するような事象が起こったら、それに対処していく所存です」

「カルデラ噴火となると、気象庁はどうも歯切れが悪い。甚《はなは》だ心もとない気がします。カルデラ噴火対策について検討することは気象庁の業務に含まれているという解釈でよろしいか？　気象庁長官、いかがお考えか？」

近藤が明確な回答を迫った。

「所謂カルデラ噴火というものは、私どももまだ経験したことがありません。ですから、軽々に業務に含まれると言い切れない面がございます。いずれにしましても、今後よく検討していきたいと考えております」

沼田は慎重な答弁に終始した。

「気象庁にはより一層の奮起を期待したいと思います。最後に、今回の霧島山御鉢の噴火で薩摩原発の安全性が懸念されるわけですが、原子力規制委員会委員長はどのようにお考えか？」

須藤はマイクに進み出て、

「お答えします。今月十二日に、原子炉安全専門審査会の火山部会を開催しまして、所謂破局的な噴火が差し迫っている状況にはないことを確認しております」

「原子力規制委員会委員長は、破局的な噴火は差し迫っている状況にはないという。かたや気象庁長官は、未経験だからわからないという。より専門的なはずの気象庁がわからない、専門家が数えるほどしかいない原子力規制委員会は大丈夫だという。誰が考えてもおかしな話でしょ！」

「その通り！」

野次が飛んだ。

「私がなぜカルデラ噴火に拘るかと言えば、七三〇〇年前の鬼界カルデラ噴火に匹敵するような巨大噴火が、いずれ日本列島のどこかで起こる。それを憂《うれ》える声が火山学者の中にあるのに、備えがまったくできていない。そうした現状を抜本的に見直したいからです。今日は時間がありませんので、これで終わります」

翌日、五十嵐は気象庁の松丸課長とともに、参議院議員会館に近藤議員を訪れた。

災害対策特別委員会の質疑に関連して気象庁に説明要請があり、原子力規制庁にも関係があるということで、五十嵐も同行したのだ。

松丸は以前にもこうして近藤に呼ばれたことがあるという。

扉をノックすると女性秘書が現れ、すぐ応接室に通された。

部屋の奥で執務机に向かっていた近藤は、「やあ、いらっしゃい」と愛想よく声を掛けながらやってきた。

五十嵐が名刺を差し出すと、近藤は女性秘書に名刺を持って来させた。

近藤と松丸がテーブルを挟んで向かい合い、五十嵐は松丸の横に座った。

「先生ご指摘のカルデラ噴火対策ですが」

松丸が要件を切り出した。

「カルデラ噴火というと、気象庁はどうも及び腰なんだよなー」

近藤ははっきり口にするが、眼差しは温かかった。

「いいえ、私ども逃げているわけではありません。気象庁だけで対応するには無理があると申し上げているだけです。気象庁に一義的な責任があるというのは、先生の仰る通りです」

松丸は愛想よく受け答える。

女性秘書がお茶を運んできた。

近藤は二人にお茶を飲むよう促し、自らも一口飲んだ。

「さあ、説明を聴こうか」

近藤の掛け声に、松丸は『この表をご覧ください』と『火山噴火観測施設一覧』と題した表をテーブルの上に広げた。

火山ごとに、気象庁をはじめ大学や関係研究機関の観測施設が記載されていた。

「……このように、大学、国土地理院、防災科学研究所、海上保安庁など、関連機関がそれぞれの観測データを持ち寄って評価しています。当然、各省庁、大学がそれぞれの予算の中でやりくりしているわけですが、思うように観測設備の整備は進みません。それらの機関の協力を得ながら気象庁が何とかやりくりしているのが実態です」

「通常の噴火ならこういう体制でいいだろう」

松丸の説明にじっくり耳を傾けていた近藤はそう理解を示したうえで、

「しかし、カルデラ噴火は別だよ。国が総力を挙げて取り組まなければならない難題だからね。まず、気象庁の所掌業務にカルデラ噴火対策をしっかり位置づける必要がある。

昨日の気象庁長官の答弁みたいに、カルデラ噴火は未経験だから軽々に判断できないなどと情けない話をされても困る。カルデラ噴火を経験するときは、国が滅亡するときかもしれないんだよ。それくらいの気概《きがい》を持って取り組まないと」

近藤は、今度は五十嵐に顔を向けて、

「ところが現実は、原発の安全審査の中でカルデラ噴火の評価をしているだけだろう？国の存立を脅かしかねない重大事項が、一電力会社の安全審査の中で扱われているだけだ。そう思わないかね」

近藤の言うのも尤もだが、反論が口をついて出た。

「でも、やり方はともかく、カルデラ噴火の評価が行われていることは一歩前進ではありませんか」

近藤はなおも言う。

「原子力規制委員会はカルデラ噴火の評価を電力会社に押しつけて、申請に許認可を与えるかどうか判断するだけだ。待ちの姿勢なんだよ。もし電力会社が申請してこなかったらどうなるんだ」

確かに、近藤の言う通りだ。電力会社に途轍もない難題を課し、それに対して原子力規制委員会は待ちの姿勢で電力会社に対峙するだけだ。日本列島にカルデラ噴火が差し迫った状況にはないことを確認すべきは、本来、原子力とは関係なく国の責務のはずだ。

「私はねー、地震予知判定会のように、カルデラ噴火を予知して警戒宣言を出す仕組みが必要だと思っているんだよ」

昭和五十三年、東海地方に大規模地震が発生する恐れがあるかどうか判定するため、大規模地震対策特別措置法（通称「大震法」）に基づき、地震防災対策強化地域判定会（通称「判定会」）が設置された。

気象庁長官の私的諮問機関で、学識経験者六名で構成され、判定会が大規模地震の発生の恐れがあると判断した場合には、気象庁長官が内閣総理大臣に報告し、内閣総理大臣が警戒宣言を発令する仕組みになっていた。

松丸が反論した。

「先生のカルデラ噴火予知判定会の構想は、重々承知しておりますが、地震予知判定会が結局うまくいかず見直されたように、形だけ作っても機能しないのではないでしょうか。幸いにも宣言が出されたことはないので、機能するかどうか立証はできていませんが、専門家のあいだでは判定会発足当初から、実効性に疑問の声があがっていました」

判定会は、発足後運用方法が何度も改められ、平成二十九年には、新たに『南海トラフ沿いの地震に関する評価検討会』が気象庁に置かれた。地震活動や地殻変動に異常な変化が観測された場合や、大規模地震発生の可能性が平常時に比べて高まったと評価された場合に、地震関連情報を発表することになっている。

「判定会の運用方法は変わったかもしれないが、いずれにしても、事前に予知して避難対策に活かすわけだよ。そういう仕組みのないカルデラ噴火には対策が必要なんだよ」

「ですが、火山学者は火山噴火の予知はできないと言っています」

松丸がまた反論すると、近藤は不満を露《あらわ》にして、

「君の話を聞いていると、ああでもないこうでもないと、できない理由を探しているだけじゃないか！　担当官庁としてなんとかしなければという気概が感じられないよ！」

松丸は近藤から叱咤《しった》されながらも、判定会の設置には粘り強く反対姿勢を貫いた。

6

冬至も過ぎ、今年も残すところあと一週間となった。

正月休みには、三年ぶりに実家に帰省することにした。札幌で一人暮らしの母親に久しぶりに会えるし、ニセコで甥の空翔と一緒にスキーをするのも楽しみだ。

ただ、霧島山御鉢が何もなければの話で、もし大規模な再噴火でもあれば計画はすべてご破算だ。このまま何もなく収まってくれるといいのだが……。

気がかりな点がもう一つあった。霧島山御鉢が再噴火した場合にどうやって薩摩原発を停止させるかだ。すっきりした気分で正月を迎えるためにも、なんとか段取りだけでもつけておきたいが、なかなか良いアイデアを思いつかず、焦《あせ》りを感じていた。

逡巡《しゅんじゅん》していても始まらないので、とにかく服部に紹介してもらった江崎支社長に当たってみようと思い立った。そもそも服部に紹介してもらったのも、こんなときに相談できる人を期待してのことだ。身構えずに、アポなしでぶらっと立ち寄ってみることにした。

昼食後を見計らって、有楽町電気ビル北館の西南電力東京支社を訪れた。七階の受付で確認すると、江崎は昼食からまだ戻っていなかった。午後、外出の予定は入っていないそうなので、待たせてもらうことにした。

案内された応接室で出されたお茶を啜りながら、江崎にどう話を切り出そうか考えを巡らしていた。

「どうも、お待たせしました」

突然扉が開いて、江崎が勢いよく飛び込んできた。

五十嵐は急いで立ち上がった。

「近くまで来たものですから、ちょっと立ち寄らせていただきました。このあいだお会いしてからもう二カ月余りになりますけど、その節はありがとうございました」

五十嵐が低頭すると、江崎は、「いいえ、こちらこそ。さあ、どうぞ」と五十嵐に座るよう促した。

「コーヒーでよろしいですか？」

五十嵐がええと頷くと、江崎は一旦部屋を出てすぐまた戻り、五十嵐とテーブルを挟んで向かい合って座った。

「正月はどうなさるんですか？」

「単身赴任ですから、正月くらいは福岡で家族とゆっくりしたいですね」

江崎は笑顔で話す。

「五十嵐さんは？」

「私は郷里が札幌なんですが、今年は久しぶりにスキーでもと思っています」

「スキーですか、いいですね」

女性がコーヒーを運び入れ、テーブルの上に二つ置き、退出した。

五十嵐はコーヒーに口をつけてから用件を切り出した。

「実は、霧島山御鉢の噴火のことなんですが……」

それまで穏やかだった江崎の顔が引き締まった。

「あくまで仮の話ですが、もし、今後大きな噴火があったらどう対処したものか、ちょっと気になっていまして……」

五十嵐の発言の真意を探ろうとするように、江崎は五十嵐の目を注視した。

「今のところ大丈夫ですが、今後どうなるかは正直わかりません。規制委員会としても、最悪の事態を想定して対策を考えておかなければなりません」

江崎は身を乗り出すようにして、

「薩摩原発のことですね？」

「ええ。そうです。場合によっては、自主的に停止できないものかと……」

「どこかから圧力でもかかっているんですか？」

江崎は声を押し殺すようにして訊いた。

「いえ、そんなんじゃありませんよ」

五十嵐は笑ってごまかそうとしたが、ぎこちなくなってしまった。慌ててコーヒーカップに手を伸ばすと、ぶつかって少し零《こぼ》してしまった。

「官邸ですか？」

江崎は鋭い視線を五十嵐に投げかけてきた。

「今度は、そう簡単にはいきませんよ。このあいだお話しした通り、ウチには苦い経験がありますから」

江崎は硬い表情でそう言うと、コーヒーカップを手に取り、ゆっくりと口に運んだ。

五十嵐は窓の外に目をやった。

沈黙が続いた。

（これではとても説得は無理だ）

やがて、江崎が口を開いた。

「前回、御前崎原発の停止要請の辺りから、行政が迷走し始めたとお話しましたね」

江崎はいつもの穏やかな表情に戻っていた。

「そうでしたね。あの話はまだ途中でしたね」

五十嵐も気を取り直してそう答えた。

江崎はゆっくり語り始めた。

東日本大震災のあった年の六月、甲斐田経済産業大臣は原発の安全宣言を出して、肥前原発の再稼働に慎重姿勢を崩さない県知事や地元町長を自ら説得して回った。

しかし、菅原総理は、肥前原発を直ちに再稼働することには反対だった。EU（欧州連合）諸国では、福島第一原発事故を受けて、ストレステストを実施しているとして、国内の原発についても、再稼働に当たってストレステストを実施する必要があるとした。政府部内で意見の対立があったが、関係大臣連名で、現行法令に則《のっと》った安全性確認が行われたとしても、再稼働するには改めてストレステストの実施が必要であるとされた。

ストレステストとは、想定以上の地震や津波が来た場合に、設計時の想定を超えるようなシビアアクシデント（過酷事故）に繋がるかどうかコンピューターでシミュレーシヨンする試験だ。

結局、ストレステストを経て、翌年に再稼働に漕《こ》ぎつけたのは畿内電力の中飯《なかい》原発三号機と四号機だけだった。

「……その後の成り行きは、ご承知の通り。肥前原発がやっと再稼働を果たしたのは、東日本大震災から七年目のことでした」

江崎は語り終わると、我に返った様子で、

「どうも、長々とお喋りしてしまいました」

電力会社が当時いかに政治に翻弄されたか、痛いほど伝わってきた。これまで頭ではわかっていたつもりでも、こうした苦労話を直に聞くと、同情の念を禁じ得なかった。

「今日のお話は、私のレベルでどうこう言える話ではありませんが、いずれにしても難しいと思います。薩摩原発には会社の命運が懸《か》かっていますから」

江崎のガードは最後まで堅かった。

「今後この件で何かあったときには、江崎さんに相談させて下さい。それはよろしいですね？」

五十嵐としては、コンタクトポイントだけでもしっかり押さえておきたかった。

江崎は難しそうな顔をしながらも「ええ」と呟いた。

役所に戻って、さっそく早川に報告した。

「霧島山の噴火の件で、西南電力の東京支社長に当たってみましたが、駄目でした」

「東京支社長？」

「経産省の同期に紹介してもらった人で、薩摩原発の停止の話を持ち出した場合の段取りをつけておきたいと思ったんですが……」

「なるほど。で、どうだったの？」

「昔、肥前原発の再稼働を巡って国に散々振り回された挙句《あげく》、結局再稼働の機会を逸したと盛んに零すんですよ」

「西南電力だけじゃないのになあ。どの電力会社も大変な目に遭ったんだから」

「そう思うんですけどね……」

「薩摩原発は再稼働一番乗りを果たしたんだよ。それだって、規制委員会が優先的に審査した結果でもあるわけだ」

早川は肥前原発の再稼働の機会を逸したことに拘る西南電力の姿勢に不満を露にした。

「自主停止の話はしたの?」

「口には出しましたが、具体的な話には入れませんでした」

「うーむ」

早川は腕を組んで、ソファに上体を預けた。

「定期検査を前倒しする理屈は使えなかったんだよなー」

早川は幹部会のときの議論を振り返り、改めてため息をついた。

「ええ、十月に定期検査を終えたばかりですから、西南電力としてはこのまま来年十一月の四〇年期限まで営業運転したいでしょうしね」

「四〇年の期限を待たずに止めて、延長工事に入ったらどうやろう?」

「そのためには、延長審査が終わっていないといけないですよ」

畿内電力の延長運転の先行事例では、認可が下りるのは四〇年期限のぎりぎりのタイミングだ。それから対策工事に二~三年要し、その分が二〇年の延長期間に食い込んでいるのが実態だった。

「認可が下りる前でも準備には取り掛かれるだろう?」

「西南電力としては対策工事より営業運転を優先したいはずですよ。莫大な投資をした以上稼働率を少しでも上げて確実に回収したいわけですから」

江崎とのこれまでのやりとりから五十嵐はそう断言できた。

「早めに止めて、工事に取りかかるほうが長い目で見れば得かもしれないのになあ。少なくとも損にはならないよ」

早川はいろいろアイデアを出すが、なかなか妙案には至らない。

どうやら霧島山御鉢再噴火という一抹の不安を抱えながら、年を越すことになりそうだった。


十二月二十七日、金曜日――

溜《た》まっていたメールの整理を終え、これで、今年やるべきことはすべてやり終えた。

五十嵐は椅子《いす》を回転させ、窓から虎ノ門方面を眺めると、日はすでに落ちかけ、高層ビル群の窓明かりが暗くなりかけた空に浮かび上がっていた。

九月に異動してまだ四カ月だが、随分月日が経ったような気がしていた。異動前は、研究炉の安全審査で技術的な詰めを要する業務に没頭していた。忙しかったが、仕事も生活も安定していた。それが、異動で一変した。

異動当初は、経済産業省の頃のような企画業務に腕を振るえるかと期待したが、どうやらそう単純ではなさそうだ。国会も訴訟もどちらも一筋縄ではいかない。

「統括」

後ろを振り向くと、内山が立っていた。

「本年はお世話になりました。来年もよろしくお願いします」

五十嵐は立ち上がって、

「内山さんにはいろいろ教わったね。来年もよろしく」

大部屋を見渡すと、挨拶回りに行き交う職員の姿が目についた。

五十嵐も、頃合いを見計らって、挨拶して回ることにした。

早川部長を皮切りに、庁内幹部の席を順番に挨拶して回り、最後に長官室に入った。

執務机に歩み寄って、低頭しながら、

「本年は大変お世話になりました。来年もよろしくお願い申し上げます」

原口は立ち上がって、

「あー、よろしくね」

踵《きびす》を返して、出口に向かうと、

「このあいだ官邸に行ったときの話、その後どうかね？」

背後から、声を掛けられた。

（やっぱり……）

五十嵐は向き直って、再び原口に正対し、

「ええ、検討はしているんですが……」

原口の顔は一瞬強張《こわば》ったが、すぐ気を取り直したように、

「まあ、万が一ということもあるからね。よろしく頼むよ」

「はい、わかりました」

五十嵐は、改めて頭を深く下げ、退室した。

第五章　薩摩硫黄島噴火

1

令和七年元旦——

ニセコ岩内《いわない》スキー場から眺める景色は、相変わらず見事だった。

H大学の学生だった頃、五十嵐は、冬休みになるとここでよくスキーを楽しんだ。

青みを帯びた薄墨色の岩内湾が眼下に広がる。視線を上げると、積丹半島の峰々が聳え立つ。湾を取り囲むように広がる真っ白な雪原には、岩内の街並みが直線状に連なる。

ゲレンデで一息入れては眺める風景は、その都度姿を変えた。

対岸の積丹半島の付け根辺りに、大きな白っぽい建屋が三つ並んでいるのが見て取れた。

「あの白っぽく見えるのが積丹原発の原子炉建屋だよ」

スティックで指しながら、甥の空翔に言った。

「ここは初めて？」

「ええ。ニセコには何度も来ましたけど、大抵比羅夫《ひらふ》でしたから」

ニセコでは、比羅夫やアンヌプリが人気のゲレンデだ。岩内は一番端のマイナーな存在だが、景色を楽しむなら断然岩内だと五十嵐は思っている。

今日は札幌には帰らずに、岩内岳の中腹にあるリゾートホテルに空翔と一緒に泊まることにしていた。経済産業省の服部も誘ったが、今年は用事で帰省できないとのことだった。

レストランの窓からは、岩内町の街あかりが一望できた。

「見事だろう？」

「ええ、綺麗な夜景ですねー」

空翔は驚きの声をあげた。

大ジョッキを運ばれてきて、乾杯した。

「あー、うまい！」

ぎんぎんに冷えたビールが喉に沁《し》みた。この爽快感が堪《たま》らない。

「爺ちゃんが昔、北海電力に勤めていたのは知ってるよね」

「ええ、聞いてます」

「平成に入って間もない頃だから、もう三十年以上になるけど、積丹原子力発電所で発電課長をしていたんだよ」

「へえー？」

「叔父さんは、その頃、中学生だったんだ」

「原発の反対運動はなかったんですか？」

「もちろん、反対はあったよ。でもねー、北海道初の原発として期待も大きかった。そこが今と違うところかな。親父の仕事が誇《ほこ》らしかったよ。それで、H大の原子力工学科に入ったんだ」

空翔はジョッキを傾けた。

大ぶりのホッケが出てきた。五〇センチはありそうだ。

「うわあ！　これが食べたかったんだよ！」

「東京にもホッケはあるんでしょう？」

「あるけど、この大きさのホッケはなかなか食べられないよ」

ホッケの大きな身を頬張り、何とも言えない気分だった。

大ジョッキをもう一杯ずつ注文した。

「ところで、国家公務員試験はどうするの？」

「一応、受験するつもりです」

「どの省庁を狙ってるの？」

「まだ、そこまでは考えてないです」

「原子力だと経済産業省か原子力規制庁だね」

五十嵐は苦笑いしながら、

「でも、原子力規制庁は勧めないなー」

「どうしてですか？」

「どう言えばいいのかな……。まあ、夢がないからかな」

「原子力規制庁には夢がないんですか？」

空翔は真顔で尋ねてきた。

軽い気持ちで言ったつもりだったが、そんなに真面目に取られるとは思わなかった。

夢がないなどと口が滑ってしまった。

「原子力規制庁の仕事は、原子力施設の設計から建設、運転、それから廃止に至るまで、安全についてチェックする仕事なんだ。大切な仕事なんだけど、ただね……」

空翔は神妙な顔をして、

「ただ、何ですか？」

「専門的な仕事だから、物事をとことん突き詰めるタイプの人には合っていると思うよ」

空翔は頷いた。

「だから、叔父さんにはあまり合わないんだよな――」

五十嵐は、冗談めかしてお茶を濁した。

石狩《いしかり》鍋が運ばれてきた。

蒸気で曇った窓ガラスを手で拭うと、岩内の街あかりがくっきりと蘇った。

空翔もかなりいける口で、遅くまで二人で語り合った。

2

仕事始めの週はあっという間に過ぎ、明日からまた三連休だった。

霧島山御鉢は、その後ニュースで報じられることもほとんどなくなり、五十嵐も気象庁のホームページで時折確認する程度になっていた。

この日午後、服部から会いたいと連絡が入った。軽く飲みながらでもと誘ったが、夜も仕事で忙しいというので、帰りがけに経済産業省地下の喫茶店『霞』で会うことにした。

経済産業省は東京メトロ千代田線霞ヶ関駅に直結しており、同駅で毎日乗り継ぎしている五十嵐にとっても便利がよかった。

店内には若い男性客が数名いただけで、空いていた。

「正月はどうしたの？」

五十嵐が訊くと、服部は、

「久しぶりに女房の実家に帰省したよ」

「そうか。俺は、H大に行っている甥と一緒にニセコでスキーを楽しんだよ」

服部は、「俺も滑りたかったなあ」と悔しがったが、コーヒーを一口飲むとすぐ話題を変えた。

「先月、霧島で噴火があっただろ。忙しくないのか？」

「今のところ大丈夫だが、実は正月休みのあいだも気が気じゃなかったよ。再噴火したら、急遽戻らなければならなかったからな。なんとかこのまま収まってくれればいいんだが……」

五十嵐もコーヒーを一口啜った。

「今日連絡したのは、再来年度予算でカルデラ噴火予知の研究プロジェクトを大々的に打ち出すことにしたので、早めに伝えておこうと思ってな」

「へえー？　そりゃ、朗報だ。令和八年度予算か？」

思わぬ知らせに五十嵐の気持ちは弾んだ。

「札幌に帰省したら、スキーでもしながらゆっくり話せると思っていたんだが。これからいろいろと世話になるからよろしくな」

「俺が代わってやりたいくらいだよ。で、準備は始めてるのか？」

「産技研の中西さんらと検討している。知ってるだろう？」

「ああ。去年、見学案内してもらったからな。衛星を使って地殻変動を捉えたり、ミューオンで火山の内部を透視したり、凄かったよ」

「俺は研究プロジェクトの立ち上げを経験したことがないので、時々相談に乗ってもらいたいんだ」

「研究予算なら任せてくれ。これでも予算獲得のノウハウは心得てるつもりだ」

五十嵐も、カルデラ噴火について本格的な研究があってしかるべきだとの思いを漠然と抱いていた。カルデラ噴火がいつどこで起きるかは予知できないにしても、起きる可能性は当面ゼロだと自信を持って言い切るだけの明確な根拠がなければならない。そのためには最先端の研究が不可欠だ。

しかし、原子力規制庁では安全規制を支援するための研究をやりたくても予算枠が限られているし、そもそもそういう業務は原子力規制庁には想定されていない。大学や研究機関頼みなのだ。カルデラ噴火予知のような大規模な研究プロジェクトは、経済産業省でなければ到底無理だ。

「じゃあ、仕事に戻らないといけないので、今日はこれでな」

「検討が進んだら節目節目で知らせてくれよ」

この日は、手短に打ち合わせを終え、店をあとにした。

一月十八日、土曜日——

「ただいま」

「お帰りなさい。鹿児島でまた大きな噴火があったみたいよ」

外出から戻ると、台所から道子が大きな声をあげた。

（なにっ！）

霧島山御鉢の噴火からすでに一カ月以上経ち、火山活動は徐々に収まりつつあった。報道も少なくなり、このまま鎮静化するよう密かに願っていた。その期待が一瞬にして崩れ去ってしまったのだ。

急いでリビングのテレビを点けたが、どのチャンネルもやっていなかった。

「おーい、鹿児島のどこだよ」

「このあいだの霧島じゃないのー？」

部屋の片隅に置かれたパソコンでニュースをチェックした。

『薩摩硫黄島で火山噴火』との見出しが見つかった。

――午後五時三十八分頃、鹿児島県の薩摩硫黄島の硫黄岳で爆発的噴火――

気象庁ホームページにとんだが、同じ内容だった。

(何だ。霧島じゃないのか！)

霧島山御鉢の再噴火がずっと頭にあったので、肩透かしを食らった気がした。

七時のニュースでは、噴煙が火口上空一万メートル以上に達し、火砕流が一部海岸まで到達し海に流れ込んだと報じられた。火口付近では暗闇の中を時折立ち上るオレンジ色の炎が映し出されていた。

その後、対応策が次々と発表されていった。

気象庁は噴火警戒レベルを五（避難）に引き上げた。地元の鹿児島県三島村は全島に避難勧告を出し、今日中に全島民を近くの黒島へ避難させると発表した。政府は首相官邸の危機管理センターに官邸対策室を設置し詳しい情報収集を開始した。海上保安庁は現地の状況を把握するため大型巡視船を派遣、また、鹿児島県は自衛隊に災害派遣を要請した。

食事をしながらも、噴火のことが頭を離れなかった。

霧島の再噴火でなくて安堵した半面、杉原官房副長官が口にした再噴火の意味合いが気になっていた。このケースは再噴火なのだろうか。官邸の指示は霧島の再噴火を念頭においたものだったはずだ。霧島には御鉢のほかに韓国岳《からくに》はじめ多くの火山が密集しているので、御鉢の再噴火ではなくても霧島のどこかで噴火すれば、それは再噴火だろう。しかし、薩摩硫黄島は霧島から遠く離れている。薩摩原発からの距離でいっても薩摩硫黄島は霧島よりずっと遠く、原発への影響もはるかに小さい。

「これって再噴火かなー？」

「えっ？」

道子は怪訝そうな顔をして、

「再噴火じゃないの？」

「だけど、先月の噴火は霧島山御鉢、今日の噴火は薩摩硫黄島。別の火山だよ」

「あの辺りは火山がたくさんあるでしょう?　薩摩原発に近いという意味では同じじゃないの？」

（やはり、そう思うのが普通かなあ）

五十嵐は段々憂鬱《ゆううつ》な気分になってきた。あまり箸が進まず、冷蔵庫から缶ビールを取り出し、グラスに開けて一気に空にした。

薩摩硫黄島は別の意味でも厄介な存在だった。鬼界カルデラの外輪山《がいりんざん》に当たるのだ。海洋研究所の大山論文がまたマスコミを賑《にぎ》わすかもしれない。鬼界カルデラに大量に溜まっているマグマがいつ噴火してもおかしくないと騒がれると、週刊誌も大きく取り上げるだろう。しかも、大山は薩摩原発訴訟の次回期日で証言することになっているのだ。

道子は食事を終えると、

「こう度々火山噴火があると、やはり九州では原発は無理かもしれないわね」

「この程度の噴火でそんなこと言ったら、日本列島では原子力は無理だよ」

五十嵐はビールをぐっと呷った。

「原子力で問題になるのは、カルデラ噴火と言われるような巨大噴火だよ。何万年に一回あるかどうか。そのあいだには悠久《ゆうきゅう》の時が流れているんだ。それに比べれば原発の稼働期間なんてほんの一瞬だよ」

「何万年に一回だから、起きるはずがないと考えてるの?」

「そういうことじゃないけどな」

「せっかく造った原発だからできるだけ動かしたいという気持ちもわからないではないけど、そう言っているうちに酷い目に遭ったのが福島第一原発の事故じゃないの？　原子力規制庁って、そういう思惑に左右されずに、厳しい基準でチェックするわけでしょう？」

「そうだよ」

「あなたは、経産省のお役人じゃないのよ。原子力規制庁の立場に徹しないとまずいのではないの？」

「あのね、原子力のような最先端技術は、推進と規制は持ちつ持たれつなんだよ。綺麗ごとだけじゃうまくいかないよ」

久しぶりに道子と言い合いになってしまった。

月曜日に官邸からまた何か言ってくるのだろうかと思うと、気持ちが重かった。

3

一月二十日、月曜日——

五十嵐は普段より三十分早く家を出た。薩摩硫黄島の噴火絡みで、朝一からバタつくかもしれないと思ったからだ。

登庁して規制部の大部屋の扉を開けると、人影は見当たらなかった。ひとまず安堵した。

パソコンのスイッチを入れると、部屋を出て共有スペースの自販機に向かった。缶コーヒーを買ってまた部屋に戻り、一息入れながら、受信メールをチェックした。

「【重要】緊急打ち合わせ一〇時@委員長室（原口）」と題したメールが届いていた。送付日時は、今朝の八時五十五分、ほんの二〇分前だった。

開封すると、「一〇時から緊急打ち合わせを行いますのでご参集下さい」とあった。要件は書かれておらず、末尾に秘書の名前が記されていた。

メールの宛先は、五十嵐のほかには、橋山、中森、早川、佐々木、それにcc：須藤となっていた。

（このメンバーだと一昨日の噴火だろうか？）

十時五分前、五十嵐は委員長室に向かった。廊下で早川に出会った。

「なんやろな、急に。何か聞いてる？」

「いいえ」

「橋山委員と君が入ってるということは、噴火かな？」

「そうでなきゃいいんですけど……」

委員長室に入ると、会議用テーブルに、橋山委員が神妙な面持で座っていた。

早川が席に着くと、五十嵐はその隣に座り、やや遅れてやってきた中森と佐々木が早川の隣席を空けて座った。

ほどなく、須藤と原口が揃って入ってきた。二人とも表情が硬かった。

須藤がテーブルの向かい側の真ん中、橋山の隣の席に腰を下ろすと、その真正面に原口が座った。

「えー、皆さんに急遽お集り頂きましたのは」

原口は咳払いしたあと、一語一語噛み締めるようにゆっくりと話し出した。

「昨晩、杉原官房副長官から自宅に電話がありまして」

（やっぱり）

杉原の名前を耳にした途端、五十嵐には緊張が走った。また呼び出されるかもしれないと覚悟はしていたが、長官に電話してくるとは、事態は悪い方向に動き出していた。

「……霧島山御鉢に続き薩摩硫黄島と南九州で立て続けに火山噴火があったことから、薩摩原発の運転を当分のあいだ停止すべきではないか、そういう強い指示がありまして、早急な判断を求められています」

杉原は再噴火と言っていたが、やはり南九州で再び大きな噴火があればという意味だったのだ。

「官房副長官というと、どういう立場になるんですか？」

須藤が口を開いた。ごく素朴な質問だった。官房副長官というと一般にはわかりにくい。五十嵐も、原口から最初に言われたときには尋ねたくらいだ。まして、学者出身の委員長は知らなくて当然だった。

「政権内で事務方のトップになります」

原口が答えると、須藤はかすかに眉根を寄せた。

「火山は今どんな状況ですか？」

須藤は五十嵐に顔を向けて訊いた。

これから話がどう転ぶかわからないが、五十嵐は事実をありのまま述べた。

「霧島山御鉢は小康状態が続いていますが、噴火警戒レベルは五から三に下がっていま す。薩摩硫黄島は、噴火したその日のうちに島民全員が近くの黒島へ避難しており、犠牲者は出ていません」

「それほど心配するレベルではないということですか？」

「はい。双方ともカルデラ噴火とは関係のないレベルですので、そう思って差し支えありません」

「橋山さん、どうですか？」

須藤が隣の橋山に話しかけた。

「適合性審査のときの火山影響評価が引き続き維持されていると考えて差支えないと思われますので、停止する理由はないと考えます」

須藤は真正面に座る原口を見つめて、

「お断りできないんですか？」

心なしか声が上ずっていた。

原口の返事はなかった。

須藤は原口を筆頭に規制庁側の無言の圧力を感じているように思われた。

須藤は言葉を繋いだ。

「明確な理由がなく原子炉の停止を求めるのは、ちょっと……。原子力規制委員会としては賛成しかねるということで官邸に再考を促すわけにはいきませんか?」

原口が答えた。

「これは杉原官房副長官個人の考えではなくて、当然、民自党執行部や官邸最高幹部の意向を踏まえての指示だと思われますから、それだけ重いものと受け止めなくてはなりません」

二人の緊迫したやりとりを、皆固唾《かたず》を呑んで見つめていた。

霧島山御鉢の噴火のとき杉原官房副長官から指示があったことは、須藤と橋山は知らないはずだ。五十嵐自身は伝えていないし、他の誰かが伝えたとは考えられない。ここで話を上げなかったことが明るみになるとまずいことになる。今回初めて官邸から指示があったこととしてうまく捌《さば》かなければ……。官邸に抵抗しても勝ち目はないし、話が拗れる恐れがある。不本意だが、ここはすんなり受け入れるしかないだろう。原口や早川も同じ思いのはずだ。

「本来、そういう政治的圧力は排除できるのではないんですか？」

橋山が須藤を擁護した。

「霧島山御鉢の再噴火を心配していたら、思わぬところでまた大きな噴火があったように、火山噴火には予想のつかない怖さがあるように思います。そういう意味では、官邸も決して見当違いなことを言ってきているわけでもありませんので……」

原口の返答に橋山は語気を強めて、

「委員長が納得していないのに、官房副長官と規制庁長官との電話で話がついてしまうというのはおかしくありませんか。それじゃ、普通の審議会と変わらないじゃないですか。原子力規制委員会は、八条委員会と違って行政権限を持った三条委員会だって、皆さんよく言うじゃありませんか」

三条委員会とは、国家行政組織法第三条に基づく委員会のことで、国家意思を表示する権限を有する独立性を持った組織とされる。公正取引委員会などがその例だ。一方、八条委員会は、同法第八条に基づく委員会で、名称は審議会、委員会、調査会などさまざまだが、諮問や調査の合議制機関に過ぎない。

普段は、おとなしい橋山だが、この日は違った。須藤の意見に端から聞く耳を持たない原口に対して、怒りをぶつけているように思えた。規制庁幹部が委員長の意見に聞く耳を持たず、強引に追い詰めているようで見るに堪えなかった。須藤や橋山の言うことが正論なだけに、五十嵐は割り切れない気持ちで成り行きを見守るしかなかった。

「これは急ぎですか?」

膠着《こうちゃく》状態を打開しようかとするように、須藤が言った。

「ええ、今日中には……」

原口が低く小さな声だが、はっきりと答えた。

須藤は下唇《くちびる》を噛んだ。

「委員長と橋山委員は、今日午後、IAEA(国際原子力機関)のハリス事務局長との懇談が予定されています」

佐々木が、須藤の今日の予定を口にした。

先月の幹部会では官邸の理不尽な圧力に憤慨していた佐々木だが、この日は意見は何も言わない。おそらく、もうその段階ではないと踏んでいるのだろう。

「委員長はそのあと、ハリス事務局長に同行して福島第一原発の視察が予定されています」

須藤は、しばらく考え込んだあと、

「わかりました。じゃあ、長官、お任せします」

「承知しました」

原口が須藤に向かってうやうやしく頭を下げると、須藤はすっと立ち上がって自分の執務机に戻った。

原口も席を立ち上がり、皆、委員長室から退出した。

原口が一任を取り付けたことで取りあえずホッとしたものの、やるせなさが残った。

4

委員長室をあとにして執務室へ戻る途中、五十嵐は並んで歩く早川の耳元で囁いた。

「自宅に電話があったって、本当ですかね？」

早川はぎょろっとした眼つきで五十嵐を見返した。

ちょっと寄っていかないかと誘われ、部長室に入った。

早川は黙ってソファに腰を下ろし、五十嵐は向かいに座った。

「長官があぁ言った以上、あったということだよ」

「長官に直接確かめてみようかと思うんですが……」

早川は眉を潜め口を歪め、

「訊くだけ野暮だよ」

そう言うと、早川はそっぽを向いた。

無粋で世間知らずと馬鹿にされた気がしたが、忖度を押しつけられているようで釈然としなかった。

しばらくすると早川は正面に向き直り、五十嵐に顔を近づけ真剣な表情で、

「長官があぁ言った以上、もうその線でいくしかないんよ。前回あれだけ怒り心頭だった総務部長も今日は黙っていただろう？　皆、わかっているんだよ。長官はうまく騙《だま》してくれたんだよ。我々はそれに乗っかって立ち振る舞えばいいだけのこと」

早川はそう言うと背凭れに身体を預け、話を転じた。

「長官が任されたのはいいとして、君、どうするつもりなん？」

五十嵐はムッとして、

「東京支社長をプッシュするしかないですよ」

自分に話が振られるのはわかっていたが、腹立たしかった。原口も早川も、嫌な仕事は部下に押しつけるだけだ。

「あー、やっぱりここかー！」

原口が機嫌良さそうに大きな声をあげながら、部長室に入ってきた。

二人は咄嗟に立ち上がった。

「西南電力に当たっていると思うが、時間がないからね。早く頼むよ」

原口からも催促だった。

五十嵐は不満を抑えて「ええ」と軽く頷いた。

「早川君も協力してやってくれよ。五十嵐君だけに任せておくわけにもいかないからね」

早川は、「えっ！」と目を剥き驚きを隠さなかったが、すぐ落ち着きを取り戻し、「はい」と応えた。

原口はすぐ部屋を出て行った。

「部長、東京支社長に連絡を入れてみますが、一緒に行ってもらえますか」

「しゃあないなあ」

早川は口を歪め、渋い顔をしていた。

躊躇《ちゅうちょ》している暇はなかった。

五十嵐はすぐ自席に戻り江崎に電話すると、本人が出た。折り入って相談したいことがあり、早川規制部長と五十嵐の二人で伺いたいと伝えると、午後一番なら大丈夫ということなので、一時に会う約束を取り付けた。

電話が鳴った。慌てて受話器を取り、

「はい、五十嵐です」

「五十嵐さん？　須藤です」

紳士然としたゆったりした声がした。

江崎の折り返し電話だと思ったら、なんと委員長からだった。

「ちょっとご足労願えませんか？」

（何だろう？）

嫌な予感がした。

「すぐ参ります」

委員長室に急ぐと、須藤は落ち着いた様子でソファに腰かけていた。

低頭しながら、正面の席に座った。

「先ほどの話ね、杉原官房副長官に私から電話してみようと思うが、どうかね？」

（何っ！）

思わぬ発言に驚愕《きょうがく》した。ここで委員長に電話されたら大変なことになる。霧島山御鉢の噴火の際に官邸から指示があったことを伝えてなかったことも発覚してしまい、話が拗れるのは必至だ。なんとしても阻止しなければならない。

「委員長、それはおやめになったほうが良いと思います」

言い方は控えめだが、五十嵐は身を乗り出していた。

「秘書が電話に出て、おそらく、取りつがないだろうと思います」

さらに言葉を継いだ。

「万が一杉原官房副長官本人が電話に出たとしても、原口長官に伝えてありますと言うだけでしょう」

須藤は、澄んだ目でじっと五十嵐を見つめた。心の中まで見透かされているようで、まともに見返せなかった。

しかし、説得するしかなかった。

「こういう話は事務局の仕事です。やはり、おやめになったほうが良いと思います。原口長官に任せておくべきです」

口の中がからからに乾いていた。

須藤はじっと考え込んでいる。

最後に、駄目押しのつもりで、

「原口長官は杉原官房副長官と昔、上司部下の間柄だったそうです。そういう人脈を介してのやりとりですから、ここは長官にお任せするしかないと思います」

「わかった。君がそこまで言うんなら」

全身から一挙に力が抜けた。いつのまにか前のめりになっていた姿勢を元に戻した。

「ありがとう」という言葉を背に、五十嵐は委員長室をあとにした。

五十嵐が必死になって止めようとした姿に、須藤は何を感じ取っただろう。

その場しのぎの出まかせを言ったことが恥ずかしかった。

早川と一緒に公用車で東京支社に向かった。

どうやって説得するか考えているのか、普段はお喋りな早川も無言だった。

五十嵐は、江崎がどう応じるか気になっていた。

江崎自身が判断できるわけではない。先月伝えた話は本社幹部に伝えてあるのだろうか。伝えてあれば、今回の話は少なくとも寝耳に水ではないわけで、スムーズに事が運ぶかもしれないが……。いや、伝えてない可能性もある。勝手読みは禁物だ。

「部長、どうやって話を切り出しますか？」

「単刀直入に言うしかないだろ」

「話の出所を喋りますか？」

「やむを得んよ」

「大丈夫ですかね？」

「長官の命令だよ。午前中に言った通り、我々はそれを信じて行動するだけだ」

しばらく沈黙のあと、早川は付け加えた。

「もし話が拗れて政治問題にでもなったら、一義的には長官の責任、我々も関与の度合いに応じて応分の責任を取らされる。そういうことだよ」

自らに言い聞かせているようだったが、早川の並々ならぬ決意が伝わってきた。

東京支社に到着して、受付で用件を告げると、すぐ応接室に案内された。先月訪れたときと同じ部屋だった。江崎はすでに部屋の中で待機していた。

「どうも、お待ちしておりました」

「突然お伺いしまして、恐れ入ります」

早川は深々と頭を下げ、五十嵐もそれに倣った。

早川と江崎は名刺を交換してから、ソファに腰を下ろした。

江崎の真向かいに早川が座り、五十嵐はその隣に座った。

早川は出されたお茶を一口飲むと、前方に腰をずらすようにして座り直し、勢いよく喋り始めた。

「いやー、驚きましたねー。霧島山の再噴火にはずっと気をつけていましたが、まさか薩摩硫黄島で噴火が起きるとは、夢にも思いませんでした」

「そうですね。九州は噴火が多いですから」

江崎は卒なく受け答えた。

「今日伺いましたのは、薩摩原発二号機を停止していただけないものだろうかということです」

早川のいきなりの発言に五十嵐はびっくりした。

江崎の顔も一瞬にして強張った。

「やはり、そのことでしたかー」

江崎は息を大きく吐いた。

「以前、五十嵐が相談に参ったと聞いておりますので、話の趣旨は伝わっていると思いますが」

「あのー、停止してほしいというのは原子力規制委員会の意向ですか?」

江崎の勘繰るような眼つきは、そうではないよねと言っていた。

「官邸です」

早川はあっさりと口にした。

「参院選までの半年間です。理不尽だとお思いかもしれませんが、ここはよろしくお願いします」

早川は深々と頭を下げた。

早川が姿勢を戻し正面を向くと、江崎は早川の顔をじろっと睨んで、

「参院選までという保証はあるんですか？」

早川は肩越しに五十嵐に顔を向け、返答するように顎をしゃくった。

「官邸は参院選への影響を懸念してのことですので、そのはずです」

五十嵐が答えると、江崎は五十嵐に鋭い視線を投げかけ詰問した。

「以前お話ししましたよね。三・一一のとき、肥前原発の再稼働で苦い経験をしたと。また、同じことを繰り返すんですか。原子力規制委員会になって、当時のような不透明な関係はもうなくなったのではないんですか」

早川がすかさず答えた。

「三・一一と今回の噴火とでは、話が違うと思うんですね。私ども、霧島山御鉢の再噴火を注視していたわけですが、予想に反して、薩摩硫黄島の噴火が起きました。事程左様《ことほどさよう》に、火山噴火は予想がつきません。ここは、念には念を入れて、安全側に対処しようということです。決して筋の通らない話を無理強いしているわけではありません」

江崎は早川の鋭い視線を避けるかのように、部屋の片隅をじっと見詰めていた。

双方とも押し黙ったまま重苦しい空気が漂った。

が、ほどなく、早川が沈黙を破った。

「西南電力さんのほうで自主停止できないということであれば、停止命令を出さなければなりません」

押し黙ったままの江崎の顔が歪み、苦悶の表情が滲み出た。

江崎は急に思い立ったように腕時計に目をやった。

「まあ、お話は承っておきますが……。先約がありますので」

そう言うとすっくと立ち上がり、出口に向かった。

五十嵐は慌てて立ち上がり、「よろしくお願いします」と、背後から低頭した。

江崎は振り向くことなく、そのまま部屋を出て行った。

早川は憮然とした表情でソファに座っていた。

5

翌日、一月二十一日火曜日――

朝から気持ちが落ち着かなかった。机に向かっていても集中できなかった。西南電力からどういう形で連絡があるだろうか。早川の口からはっきり伝えたから、社長なり原子力担当の役員あたりから早川に連絡が入るのが筋だろう。あるいは、江崎を通じて俺に連絡が入ることも考えられる。

仕方なく、図書室に行って新聞でも読みながら気を紛らわせることにした。昨夜、今朝と新聞にじっくり目を通す余裕がなかった。

各紙の薩摩硫黄島の噴火関連記事を拾い読みしていると、ふと『将来のカルデラ噴火の前兆現象?』との小見出しが目に留まった。よく見ると、海洋研究所の大山の談話だった。

――鬼界カルデラの地下には巨大なマグマ溜りが形成されており、すでに次のカルデラ噴火の準備過程に入ったのではないかと私は考えています。薩摩硫黄島は鬼界カルデラの北端で活発な噴火活動が続いている箇所で、カルデラ噴火の前兆現象の可能性がないとは言い切れません。――

次回期日でこうした主張をされるとまずいと思ったが、今は原発停止のことで頭がいっぱいだった。

図書室から戻る途中、念のため運転管理グループに立ち寄ってみた。各原発の運転状況などが集約される部署なので、薩摩原発二号機に何か新しい動きでもあれば連絡が入るはずだが、何も変わりはなかった。

自席に戻ると、机の上にメモが置かれていた。一瞬、西南電力からの連絡かもしれないと思ったが、よく見ると、気象庁の松丸課長からの電話だった。折り返しを求めていた。

「原子力規制庁の五十嵐です。お電話いただいたようで」

『お疲れ様です』

いつもどおりの明るい声が返ってきた。

『お電話したのは、火山議連の近藤会長から二月十七日に総会を開催するので出席願いたいと連絡があったので、それをお伝えしようと思いまして』

やはり火山議連のことだった。

「ウチも呼ばれているんですか?」

『ええ。原子力規制庁にも出席してもらうようにと、それでお電話したんですよ』

「カルデラ噴火も話題になるんですか?」

『このあいだ近藤会長に呼ばれたとき判定会の話が出たでしょ。当然、話題になるんでしょうね』

松丸はカルデラ噴火についてはどこか他人事のような感じで癪に障ったが、「わかりました」と言って、電話を切った。

忙しいときに厄介な話がまた一つ降って湧いたと思ったが、次回期日のあとなのがせめてもの救いだった。

もうすぐ昼休みだったので、気晴らしに昼食に出ようとしたとき、机上の電話が鳴った。

「五十嵐です」

『早川だけどねー、すぐ来てくれんかな』

(朗報かな?)

声のトーンが明るかった。

部長室に急いだ。

執務机に向かっていた早川は、五十嵐を見るなり、

「さっき、西南電力の高桑清治《たかくわきよはる》社長から電話があったんよ。自主停止の件、了解しましたと」

「そうですかー！　良かったー！」

もやもやしていた気分が吹き飛んだ。

「どうもありがとうございました」

早川に頭を下げた。昨日、江崎の去り際が尋常《じんじょう》ではなかったので心配だったが、しっかり受け止めていてくれたのだ。

「明後日二十三日の午前三時から出力を落とし始め、午後二時に停止、その後、定期検査に入るそうだ」

そう誇らしげに言う早川の顔にも安堵の色が出ていた。

「長官にはどうしましょうか？」

「午後、会議で一緒になるから、私から伝えておくよ。昨日委員長室に集まった関係者に君からメールしておいてくれ」

「わかりました」

五十嵐は、深く低頭して部長室をあとにした。

自席に戻り、関係者に一斉メールを送ってから外に食事に出た。

昼食は近場で済まそうと思っていたが、予定を変えて神谷町駅界隈まで足を延ばし、途中のファミレスに入った。窓側の席を取り、通りを行き交うビジネスマンらの姿を眺めながら、ゆったりとした気分で食事を堪能《たんのう》した。

お願いは聞かなかったこととして江崎に黙殺されるのではないかとまで思ったが、杞憂《きゆう》に終わって良かった。それにしても、昨日の早川は見事だった。矢継ぎ早に話を繰り出し、相手に反撃の余地を与えなかった。思えば、官邸から呼び出しがあって、その後、原口から検討を指示され、それ以来ずっと心の重荷になっていた。それからやっと解放されたのだ。

ふと店内を見回すと、すでに一時を回って、空席が目立っていた。江崎にお礼をしておこうと携帯で電話したが、福岡に出張中とのことだった。薩摩原発のことで急遽出張したのだろう。五十嵐から電話があった旨伝えてもらうよう頼んで、電話を切った。

職場へ戻る道すがら、気持ちは徐々に次の仕事に向かって行った。次回の口頭弁論期日まで一週間余りと迫っていた。薩摩原発が停止してホッとしている場合ではない。控訴人側は大山を使って薩摩硫黄島の噴火と鬼界カルデラを関連づけてくるだろう。今朝の新聞記事も気になるところだ。やはり国側も証人を立てなければまずいのではないか。もう遅いかもしれないが、河井に相談してみよう。

職場に戻り、さっそく法務省の河井に電話してみた。今からなら都合がつくというので、五十嵐は公用車で法務省に急いだ。

小部屋に案内され、ソファで向かい合った。

「薩摩硫黄島の噴火で、バタバタしていました。一段落ついてホッとしたのも束の間、次回期日はもうすぐなんですねー」

「薩摩硫黄島は鬼界カルデラの中にあるんでしょう?」

「ええ、外輪山です」

「大丈夫ですか?」

河井は真顔で尋ねた。

「カルデラ噴火が迫っているかという意味でしたら、何の心配も要りません」

五十嵐は自信を持って答えた。

「ただ、裁判にどう影響するか気がかりで、突然お伺いしたのも実は……。以前、国側も証人を立てるかどうかお話がありましたね」

「あっ、そのお話ですかー」

河井の顔には戸惑いの表情が浮かんだ。やはり、もう済んだことだと思っていたようだ。遅くとも年末までにということだったので無理もない。

「大山さんの尋問は、今回の噴火で一段と注目されるでしょうし、こちらも証人を立てないとまずいのではないかと改めて思いまして……」

五十嵐は続けた。

「実は、経産省でカルデラ噴火予知の研究プロジェクトの検討を始めたので、プロジェクトの責任者か場合によっては私がその内容を披露して、カルデラ噴火予知は決して不可能ではないと訴えたらどうでしょうか?」

「お気持ちはわかりますが……」

河井の眉間《みけん》には縦皺《たてしわ》が寄っていた。

「裁判官の心証を良くするという意味では、一定の効果は見込めるかもしれませんが、控訴人の控訴理由に的確に反論するという意味では、論点がずれていると思います。控訴審は一審の延長という位置づけですから、新たな事実や証拠が求められます。研究プロジェクトへの期待ではなく、具体的な証拠が要ります。証人尋問は事実の有無の判断材料を証言する場なのです。やはり無理があるのではないでしょうか」

河井はさらに続けた。

「本件は、一審で勝訴しているわけですから新たに得点するよりも失点をいかに少なくするかのほうが大切です。それに反対尋問で追及されるリスクも考慮しなければなりません」

「そうですかー」

五十嵐は深いため息とともにがっくりと肩を落とした。

すると、河井が突然身を乗り出して、

「あのー、ここだけにしていただきたいのですが」

河井の思いがけない振る舞いに、五十嵐の身体に緊張が走った。

河井に引き寄せられるように五十嵐も身を乗り出した。眼鏡越しに河井の目をじっと見つめ、次の言葉を待った。

「森川裁判長は最高裁事務総局の勤務経験者ですので……」

最高裁判所事務総局は、司法行政部門の中枢機関として、すべての裁判所に対して強い権限と影響力を持つという。従って、総務局勤務経験者は将来の幹部候補だと自任し、周りもそういう目で見る。当然、彼らは司法の上層部がどういう判決を期待しているか常に気を配り、それに沿った判決を下す可能性が高い。

「……行政を負かす判決を下すことはまずない、と私は見ています」

（なるほど……）

五十嵐は大きく頷いた。

エリートが幹部の意向を人一倍に気にするのは、どの世界も変わらないようだ。

河井は証人申請に拘る五十嵐を思い留まらせようとやむを得ず口にしたのだろうが、司法の内輪の者にしか知り得ない大変な秘密を明かされたような気がした。

河井は姿勢を正して、

「ですから、証人の追加申請に拘る必要はないと思います。それより、大山さんの反対尋問に力を尽くしましょう」

五十嵐は納得した。

翌日一月二十二日の朝刊には、西南電力の薩摩原発二号機が明日二十三日から定期検査に入ると報じられていた。電力の需給調整を図るためと理由が添えられ、火山噴火には一言も触れていなかった。

西南電力のホームページを確認してみると、

――薩摩原子力発電所二号機は、明日一月二十三日に停止し定期検査に入ります。――

午後、須藤委員長の記者会見が行われた。薩摩原発二号機の停止絡みの質問が出た場合に備えて、五十嵐は記者会見室の片隅で様子を見守った。須藤には事実関係と応答要領を事前に説明し、返答に窮した場合には、適宜五十嵐が答える手筈になっていた。

ハリスIAEA事務局長との懇談会及び福島第一原子力発電所視察の概要について質問があったあと、薩摩原発二号機の定期検査関連の質問が続いた。

「中日本新聞の宮本《みやもと》です。明日から定期検査に入る薩摩原子力発電所二号機について伺います。この原発は昨年十月に定期検査を終えたばかりですが、定期検査を前倒しするのは何か特別な理由でもあるのですか？　霧島山御鉢、薩摩硫黄島と立て続けの噴火が関係しているのではないですか？」

「今回の定期検査は西南電力の経営判断だと思われます。噴火とは関係ありません」

須藤が応答要領どおり答えた。

「運転を継続して構わないということですか？」

「原子力規制委員会として、停止しなければならない理由があるとは考えておりません」と須藤。

「西南電力の経営判断と言っても、原子力規制委員会なり政府の思惑が関係しているのではありませんか？」

宮本記者はしつこく食らいついてきた。

五十嵐は、「よろしいですか？」と挙手しながら立ち上がって、説明を加えた。

「ご存じのように、原子炉等規制法に基づき、原子炉は十三カ月を超えない期間ごとに定期検査を受けなければなりません。西南電力では薩摩原子力発電所のほかに肥前原子力発電所が稼働していますが、太陽光発電の出力調整と原子力発電所の運転をどう調整するか以前より課題となっており、今般の措置はその一環だと思われます」

「霧島の噴煙で降灰量が増えているとか関係ないのですか？」

宮本のさらなる質問にも五十嵐が答えた。

「噴煙の飛散は偏西風に最も影響されるので、当面、薩摩原発方向には流れにくい状況が続きます。実際に薩摩原子力発電所に降灰があったとの報告は受けておりません」

「エネルギー新聞の神園《かみぞの》です。繰り返しになりますが、なんらかの政治的圧力が働いたということはありませんね」

「ありません」

須藤がきっぱりと否定した。

6

一月三十日――

福岡市は寒波の襲来で雪に見舞われていた。

福岡高等裁判所の正面玄関付近では、降りしきる雪の中、薩摩原発訴訟の第七回口頭弁論の傍聴券を求める人々で、ビルの外まで列ができていた。薩摩硫黄島の噴火をきっかけに、一躍時の人となった大山が証言するからだ。

十一階の大法廷に入ると、傍聴席は埋め尽くされていた。

証人席にはブレザーでノーネクタイ姿の大山が座っていた。髪が短く、色黒で大柄な男だった。

控訴人席には、葛西の隣に共同代表の桧垣、それから若手弁護士が三人座っていた。

桧垣は思ったより小柄で初老を感じさせた。

午前十時、森川裁判長と二人の陪席が入廷した。

宣誓書の朗読が終わり、森川裁判長が、

「では、控訴人側の主尋問を」

「それでは、控訴人のほうからお伺いします」

葛西は、大山の略歴や専門について質問したあと、本題に入った。

「昨年二月、衝撃的なニュースが駆け巡りました。鬼界カルデラでは、新たなカルデラ噴火に向け相当量のマグマが溜まっていると。この研究成果は、英国の科学雑誌『ネイチャー』に掲載されました。まず、この研究成果の概要について、証言頂きたいと思います」

「鬼界カルデラは、薩摩半島から数十キロメートル南に位置し、先日噴火した薩摩硫黄島はカルデラの北の端になります」

大山は、鬼界カルデラを示した地図を使いながら、その位置や構造などを説明したあと、研究成果の内容に話を進めた。

「二〇二三年に僕らの調査チームは、この鬼界カルデラ内のドーム状に盛り上がっている箇所を調べました。音響測深装置で海底に向け音波を出し反射波を観測した結果、複数の熱水プルームを確認しました。熱水プルームとは、熱く濁った水が海底から湧き出る箇所で、高さ一〇〇メートルに達するものもありました。海中ロボットを使った調査で、溶岩の割れ目が多数あることや、ガスや熱水が湧き出ていることを確認しました。また、採取した岩石を分析した結果、巨大溶岩ドームの岩石成分は、七三〇〇年前のカルデラ噴火のマグマとははっきり異なることがわかりました」

「どう異なるのでしょうか?」

「岩石に含まれる二酸化珪素と酸化カリウムの比率を測定したところ、七三〇〇年前のマグマ溜りの残りものとは明らかに異なることが判明したんです」

海底から採取した岩石は、アカホヤ噴火の噴出物よりも、二酸化珪素の比率が高く、薩摩硫黄岳に似た特徴を示すという。

「その違いはどう解釈すべきなのでしょうか？」

「七三〇〇年前の超巨大噴火が起きたときマグマはほとんど出尽くして、巨大溶岩ドームは新しいマグマが地下深くから上昇してできたものと見るべきでしょう。僕らの試算では、鬼界カルデラの海底には、直径約一〇キロメートル、高さ六〇〇メートルにも及ぶ巨大な溶岩ドームが存在します。体積は三二〇億立方メートル以上で、桜島の約二倍、琵琶湖の水量をも上回ります」

法廷内がどよめいた。

「そこで、今回の薩摩硫黄島の噴火についてお伺いします。まず、この噴火についてどうお考えでしょうか？」

「薩摩硫黄島は、先ほど言ったように、鬼界カルデラの北の端にあり、活発な噴火活動が続いている箇所です。まだ報道されていないようですが、薩摩硫黄島と昭和硫黄島とのあいだでは海水汚濁が確認されています。今後、海水の沸騰や噴煙が確認されるようだと、やがて島が海面上に姿を現し、令和新島誕生となるかもしれません」

皆、大山の証言に集中している。

「ひょっとしたら、薩摩硫黄島、昭和硫黄島と合体して、一つの島になるかもしれません。そうすると、口永良部島よりも大きな島が誕生することになります」

法廷内はまたどよめいた。

「ずばりお聞きしますが、今回の薩摩硫黄島の噴火は、鬼界カルデラの大規模噴火の前兆現象の可能性はありますか?」

「可能性がないとは言い切れません」

大山は即答した。

「火山噴火を予知することはできませんが、溶岩ドームが世界最大級の大きさであることからして、鬼界カルデラの地下には巨大なマグマ溜りが形成されつつあるのではないか、すでに次の巨大カルデラ噴火の準備過程に入ったのではないかと考えたほうがいいでしょう」

「もし鬼界カルデラで、七三〇〇年前と同規模の巨大噴火が起きれば、どのような惨事となるとお考えでしょうか?」

「少なくとも九州南部は数百度の火砕流に覆い尽くされます。そして、火山灰は日本列島全土に降り注ぎます。関西では五〇センチ、首都圏は二〇センチ、そして東北地方でも一〇センチの火山灰が降り積もるでしょう。一〇センチを超す降灰域では、現在のインフラシステムはすべてストップします。一億二〇〇〇万人の日常が破綻するわけです」

大山はさらに続けた。

「こうなる確率が、今後一〇〇年間で一パーセントだと考えられているんです。これは、阪神・淡路大震災が起きる前に想定されていた発生確率と同じです。そのため、巨大カルデラ噴火は明日起きても何ら不思議ではありません。まさに、日本の国家存亡の危機なのです」

「終わります」

皆、大山の話に引き込まれて、独演会のような形になってしまった。


午後、河井の反対尋問が始まった。

河井は「被控訴人のほうから尋問します」と前置きして、

「先生は午前中に、鬼界カルデラで七三〇〇年前のアカホヤ噴火と同程度の噴火が起こる確率が、今後一〇〇年間で一パーセントだと仰いました。一パーセントというのは、今後一〇〇年間に日本のどこかでカルデラ噴火が起こる確率であって、鬼界カルデラでカルデラ噴火が起こる確率ではありません。徒に不安を呷りかねず、誤解を招く表現だと思います」

個々の噴火が他の噴火に影響せずにランダムに発生すると仮定した場合、今後一〇〇年のあいだにＶＥＩ七級の噴火が日本列島で起こる確率は一パーセントであるとされている。

「数学的な意味はそうかもしれませんが……」

大山は口籠ったが、すぐ気を取り直したかのように、

「ただ、影響の大きさからすると、九州と北海道、特に、九州でカルデラ噴火が起こると影響が物凄いわけです。なかでも、鬼界カルデラは、過去一〇万年当たりの噴出量で見ると、他のカルデラよりはるかに大きいので、特に警戒が必要です」

法廷内は静まり返った。

「北海道の場合は、火山灰の影響が東北以南に及ぶ可能性はそれほど高くありませんが、九州の場合は、偏西風の影響で、火山灰の影響は関東、東北、北海道にまで及びます。過去のカルデラ噴火の痕跡《こんせき》からも明らかです」

大山の話は、確率からいつの間にかカルデラ噴火の恐ろしさに移っていた。

「裁判長から尋問します」

突然、森川裁判長が口を開いた。

「鬼界カルデラが今後一〇〇年間でカルデラ噴火を起こす確率は、何パーセントだとお考えですか?」

森川裁判長は、さっき河井が指摘した点に大山がはっきりと答えずに話が逸《そ》れてしまったので、確認したようだ。話が発散しがちな大山には、事実に基づいた証言をするよう注意を促した意味でも効果的だ。

「僕自身は計算していません」

大山はあっさりと口にした。

一パーセントという数字をよく口にするが、実際に自分で計算したものではないことが露呈した。

「わかりました。被控訴人は尋問を続けて下さい」

控訴人席の桧垣と葛西は不服そうな顔をしていた。

河井は尋問を続けた。

「それから、阪神・淡路大震災と発生確率が同じだから、明日、起きても何ら不思議ではないという言い方は、およそ科学者らしからぬ、誤解を招く言い方だと思いますがいかがですか？」

「科学者らしからぬかどうかはわかりませんが、僕としては一パーセントというとほとんどゼロに近いと思われるので、そうではないですよというつもりで言ったまでです」

「科学者に説教するんか！」「お前、何様のつもりだ！」「人の揚げ足なんか取るな！」

などと、一斉に野次が飛んだ。

「傍聴席、静かにして下さい！」

森川裁判長が注意した。

河井が顔を顰めた。大山の誤解を招きかねない発言を理詰めに追及したが、逆効果だったかもしれない。

河井はすかさず、『鬼界アカホヤ噴火以降の噴出物の成分分析』と題した表をモニターに映し出し、話を転じた。

大山の研究成果の突っ込みどころはデータ量が少なく信憑性《しんぴょう》に欠けることだと喝破《かっぱ》した内山が、アカホヤ噴火で噴出した岩石のこれまでの分析結果と大山の分析結果を一覧表に整理したものだ。

「この表をご覧下さい。アカホヤ噴火の噴出物、薩摩硫黄岳、稲村岳《いなむら》、昭和硫黄島の岩石成分一覧表です。二酸化珪素、酸化カリウムだけでなく、酸化マグネシウム、アルミナなど、多くの成分で違いが見受けられます」

薩摩硫黄岳、稲村岳、昭和硫黄島は、アカホヤ噴火以降に誕生した火山だ。

「主尋問で、アカホヤ噴火の噴出物と海底から採取した岩石の成分が異なるから、アカホヤ噴火でマグマは出尽くして、新たなマグマが上昇してきているのではないかというお話がありました。その二つの成分の違いだけから、そこまで結論づけるのは飛躍し過ぎではないでしょうか?」

「私たちのチームが行った二酸化珪素と酸化カリウムの比率は、早く目安をつけるためで、詳細な分析はこれからです」

「そうであるなら、この一覧表にあるように、サンプル数を増やすとか、成分分析も二酸化珪素と酸化カリウムの二成分だけではなくもっと増やすとか、いろいろ研究を進めないといけないのではないでしょうか?」

「その通りです」

法廷内がざわついた。

大山は自ら行った研究成果の不備な点を、いとも簡単に認めたのだ。

「具体的にどうするのですか？」

「まず、マグマ溜りやそれにマグマを供給するシステムを高解像度で可視化します。そのために、海洋研究所の海底探査船で地下約三〇キロメートルまでの地下構造探査をやります」

五十嵐は確信した。大山は根っからの研究者なのだ。大山は時の人だから控訴人にうまく担ぎ出されたのだろうが、その目論見《もくろみ》は見事に外れた。控訴人席では、桧垣も葛西も不満そうな表情を浮かべていた。

大山は河井の尋問に誘導されるかのように、嬉々《きき》として研究構想を語り出した。

「それから、鬼界カルデラ周辺海域で岩石を採取して詳細に分析します。表層部分だけでなく、さまざまな深さのサンプルを採取することがポイントとなります。ただ、そのための研究費がありませんので、皆さんの応援をお願いします」

拍手と笑いが起こり、法廷内の雰囲気が和らいだ。

「国ではカルデラ噴火予知プロジェクトに本格的に着手することが検討されています。今、仰ったようなさまざまな手法も活用されることになると思います。そうした国のプロジェクトについてどう思いますか？」

「えっ？　国のプロジェクトが計画されているんですか？」

大山は目を丸くした。

「はい。経済産業省で再来年度のスタートに向け計画中です」

「そういうプロジェクトがあるなら、是非やりたいですね。鬼界カルデラは有力な候補間違いなしです」

「取り込まれるなよ！」

金切り声の野次にどっと笑いが起こった。

大山は一段と大きな声で、

「原告、被告とかじゃなくて、カルデラ噴火についてもっとよく知ることが一番大切なんです」

傍聴席から拍手が湧いた。

河井の尋問テクニックには舌を巻いた。五十嵐が国のカルデラ噴火予知プロジェクトをアピールしたいと言い出したときには反対されたが、大山の反対尋問の中で自らそれをやってのけた。しかも大山も味方に取り込んだ格好だ。

「終わります」

次回期日は三月二十五日、最終弁論が行われることが確認された。

7

二月十七日——

赤坂の芙蓉《ふよう》ホテル五階でエレベーターを降りた。案内表示で火山議連総会の開催場所を確認して、さくらの間に向かった。

長い通路を進み、さくらの間に入ると、一番手前の席で松丸が資料に見入っていた。五十嵐は松丸の隣の席に腰を下ろし、松丸の肩を突くと、無言で軽く頷いた。

室内を見回すと三〇名ほど集まっていた。正面の真ん中には、近藤会長、その並びに広岡議員もいた。協産党の小田静男《おだしずお》議員も左手端の席に着いていた。

近藤が、「皆さん、お揃いのようで」と言いながら立ち上がって挨拶を始めた。

「霧島山御鉢と薩摩硫黄島の噴火について、のちほど気象庁の松丸課長から説明してもらいますが、霧島山御鉢の噴火では一九人の犠牲者が出てしまいました。会議に先立ちまして、犠牲になられた方々に謹んで哀悼の意を表し、一分間の黙祷を捧げたいと思います」

それまでざわついていた部屋が急に静まり返った。

「ご起立願います。黙祷」

五十嵐も立ち上がり、黙祷した。

黙祷が終わると、松丸が配布資料を使って、噴火の概要を説明した。

――霧島山御鉢は、噴火警戒レベルは三でこのところ変わらないものの、火口から概ね二・五キロメートル以内立入禁止だったのが、火口から概ね二キロメートルになり、比較的安定した状態が維持されている。一方、薩摩硫黄島は、噴火警戒レベル四で、島民の黒島への避難が長期に及ぶ可能性が出てきたとして、鹿児島県本土への避難について近く検討が予定されている。――

「今日、お集まりいただきましたのは、霧島山御鉢や薩摩硫黄島の噴火もさることながら、かねてより議論して参りましたカルデラ噴火対策について議論するためです。半世紀近く前に大震法が成立し、東海地震予知の判定会が作られました。カルデラ噴火対策についても、このときのような思い切った措置が必要ではないかと思うわけであります。カルデラ噴火を早期に予測して、警戒宣言を出すかどうか判定する専門組織を新たに設けるのが一案かと思います。皆さん方のご意見を伺えれば幸いです」

近藤の提案に対し、超党派ならではのさまざまな意見が出された。

「地震防災とのバランスを考えると、確かに、火山噴火対策は手薄だ。まして、カルデラ噴火となると、被害規模が南海トラフ地震や東日本大震災の比ではない」

「事があまりに大きいので、議員立法よりも政府を巻き込んで、もっと大きな政策課題として掲げていくべきではないか」といった賛成意見に対し、

「専門家は、火山噴火予知はできないと言っているわけでしょう。だから、判定会は無理ですよ」

「東海地震のときは、地震予知がすぐにでも可能となるような期待感があったが、火山学会はカルデラ噴火の予知はできないとしているわけだから、そもそも成立しない話ではないのか」

「噴火予知に莫大な金をかけるとしたら、予知できないと言ってる人たちに金をつけることになり無駄になるだけではないか」

「東海地震のときは、地震予知関連予算の分捕り合戦が始まって、地震研究バブルの様相を呈した。結局、その体制を見直すのに四〇年近くかかった。そのあいだに東海地震が起きなかったのは不幸中の幸いだが、地震予知バブルの反省の上に立って、決してカルデラ噴火バブルをつくってはならない」

「判定組織を作るよりも、カルデラ噴火予知の研究を進めるほうが先ではないか」といった反対あるいは慎重な意見が数多く出された。

近藤から一人置いて隣に座る広岡が挙手して立ち上がった。

「ただいまの意見を伺っていますと、判定会の必要性は理解しつつも、火山学者が噴火予知はできないとする以上、現時点では実効性に欠けるのではないか、という意見にほぼ集約されるのではないかと思います。そういう意味では、判定会の設置は時期尚早かなと思います」

ふと隣を見ると松丸と目が合った。松丸は納得顔でかすかに頷いた。

小田議員が挙手して発言を求めた。

「私も広岡議員の意見に賛成です。そもそもカルデラ噴火がこれほど注目されるようになったのは、原発問題があるからです。いきなり判定会のような組織を作るよりも、まず原発の安全審査でカルデラ噴火のリスク評価を気象庁がやる仕組みを作るほうが先決ではないでしょうか？」

小田が強引に原子力問題に話を向けた。

（まずいな）

五十嵐にとっては判定会よりこちらのほうが肝心だ。

「具体的にどうやるの？」

民自党の女性議員が質問すると、小田は、

「原発の安全審査の中で、火山噴火の影響評価については原子力規制委員会が気象庁か火山噴火予知連に諮問するよう義務づけるのです。原子力規制委員会は、その諮問に対する答申を踏まえて、最終結論を出すわけです」

「火山学者は、カルデラ噴火は予知できないと言っているわけだから、原発はみなストップしちゃうよ」

若手の民自党議員が声高に反論した。

「ということは、原発は日本列島にはあってはならないということなんだよ」

野党の若手議員がやり返した。

「カルデラ噴火の影響が及ばない地域だってあるよ」と年配の民自党議員。

「原発ゼロ基本法案を国会に共同提出していながら、気象庁による安全審査を持ち出すのは辻褄が合わないんじゃないの？」と民自党の女性議員。

原発ゼロ基本法案は、野党が共同で国会に提出した法律案だ。すべての原発を速やかに停止し廃炉にする内容だが、民自党が一貫して審議に応じず、これまでに一度も審議されることなく今日に至っている。

「だから、原発ゼロ基本法案はもともと本気じゃないんだよ。どうせ選挙目当てだよ」

民自党議員の暴言をきっかけに、激しい言葉が飛び交った。

「何が選挙目当てだよ。民自党は法案審議が怖くて逃げ回っているだけじゃないか！」

「野党は一度でいいから、エネルギー供給の代替案を見せてみろよ！」

「静粛に！　静粛に！」

近藤が、眼を大きく見開き鬼の形相で、机を拳で叩いた。

「この議員連盟は火山噴火対策の抜本的強化を図るために、政党の枠を越えて有志が集まっているんですぞ。党利党略の議論とは一線を画してもらいたい」

近藤の迫力に室内のざわつきは収まった。

小田が話を再開した。

「原発ゼロ基本法案と火山噴火の評価を気象庁にやらせることは矛盾なんかしてませんよ。原発は廃止と決まっても、すぐに撤去できるわけではありません。完全撤去までには数十年もかかる。そのあいだは、噴火に対して脆弱な状態が続いているわけです」

小田は一呼吸置いて、さらに続けた。

「いいですか。原発は運転が止まっても、核燃料がある限りは危険なんです。だから、原発廃止法が成立してもそれだけでは不十分なんです。廃止が決まってから実際に原発が撤去されるまでの火山噴火のリスクに備えるためにも、しっかり対策を立てる必要があるんです」

小田に反論する者はいなかった。反論しようにも、小田の主張に説得力ある反論のできる議員はまずこの中にはいない。小田は原子力を実によく勉強しており手強《ごわ》い相手だ。

「今日は、原子力規制庁から担当に来てもらっているので、ご意見などあれば……」

近藤が五十嵐に発言を促した。

（しめた！）

五十嵐は立ち上がって、「原子力規制庁の五十嵐です」と威勢よく名乗って、

「ただいま、原発問題があるからカルデラ噴火が注目されるようになったと発言がありました。しかし、私は原子力が厄介な問題を惹起《じゃっき》したのではなく、原子力が他に先駆けて警鐘を鳴らしたんだとポジティブに捉えています。いわば、炭鉱のカナリアの役割を果たしたのです」

早速、野次が飛んだ。

「その通り。原子力が勇気ある挑戦をしているんだよ」

「火山噴火予知は不可能ではないとかいい加減なことを言って、暴挙に出てるだけじゃないのか」

五十嵐は、野次を打ち消すように声を大にした。

「火山噴火の予知はできるとかできないとか一言《いちごん》の下《もと》に断じることはできません。予知できる場合もあるし、できない場合もある。条件によります。しかし、カルデラ噴火が差し迫っているかどうかを判断することは決して不可能ではありません。原子力規制委員会はそう考えています」

「どうしてそう言い切れるの？」

疑問の声があがった。

「カルデラ噴火というのは、マグマが大量に溜まらなければ起こり得ません。もしマグマがカルデラ噴火を起こすほどには溜まっていないことがわかれば、カルデラ噴火は差し迫っていないと判断できます。そのためにどうするか？」

五十嵐はそこで一呼吸置いて、居並ぶ議員の顔を見回した。皆、真剣な表情で話についてきている。

「火山噴火予知は、地震観測や地殻変動観測の他さまざまな手法を駆使して、マグマの位置や状態を総合的に判断して行います。重力、地磁気、電気抵抗などの変化を捉える方法もあります。また、新たな方法として、ミューオンという素粒子を使って、マグマの様子をレントゲン撮影のように透視する方法、あるいは、衛星画像を使って地殻変動を数センチオーダーで把握する方法も広く使われています。こうした最先端の科学による新たな手法も活用することで、カルデラ噴火予知が差し迫っていないことをより確かなものにしていくのです」

五十嵐が話し終えると、近藤が、

「噴火予知を壮大な研究課題として捉えるのはユニークな発想だね。原子力問題がなければ、カルデラ噴火に対する危機意識は芽生えなかったかもしれないので、原子力が炭鉱のカナリアの役割を果たしたというのも、正鵠《せいこく》を得た考え方かもしれない」

この発言に異論を挟む者はなかった。

近藤が拘る判定会の設置には賛成できかねるが、五十嵐は自分の考えに理解を示してくれたことに心の中で感謝した。

「今日の議論で、気象庁への期待の大きさを改めて実感されたのではないかと思うが、松丸課長はどうお考えか？」

近藤に発言を促されると、松丸は立ち上がり、

「地震予知の判定会と同様の仕組みをカルデラ噴火に持ち込むのは無理があると考えます。地震と火山では事情が異なりますし、形だけできても機能しないのではないでしょうか。東海地震は予知できるという機運の中で判定会が発足しましたが、実効性には当初から疑問の声があがっていました。一方、火山噴火の予知はそもそも専門家ができないと言っているわけです」

松丸は持論を展開した。

「火山噴火につきましては、当然、気象庁に一義的な責任があります。ただ、気象庁だけで責任を全うするには無理があります。地震もそうですが、大学、国土地理院、防災科学研究所、海上保安庁をはじめ関連機関が観測データを持ち寄って評価し、それらの取りまとめに気象庁が当たるわけです。火山についても同じような協力体制が不可欠です」

この日の議論では、判定会は時期尚早とする意見が大半を占めたが、今後の取り扱いがどうなるか結論は出ないまま散会した。

8

三月二十五日——

福岡高裁では薩摩原発訴訟の最終弁論が開かれた。

原告団関係者数人がワゴン車を背に、『鬼界カルデラが危ない!』『火山噴火に脆弱な薩摩原発』と書かれた横断幕を掲げていた。

この日が結審ということで、十一階の大法廷は、原告関係者やマスコミ関係者で傍聴席は埋め尽くされた。

午後一時半、控訴人側代理人、葛西弁護士による最終意見陳述が始まった。

これまでの主張の主な項目をモニター画面に映し出しながら、説明が加えられて行った。

――火山影響評価ガイドの問題点

――専門家が関与しない火山評価

――噴火ステージ説の誤った適用

――不適切な階段図の使用

――モニタリングによる予測は困難

――鬼界カルデラの誤った評価……

葛西は、一〇数項目に及ぶ項目に順を追って説明を加えたあと、次のように締め括った。

「最後に、御庁が司法としての真の良識に則った判断をしていただけるものと、切に希望致します」

続いて、桧垣がゆっくりと立ち上がると、法壇の森川裁判長と二人の陪席に顔を向け、語り始めた。

「口頭弁論の終結に当たり、一言申し上げたいと思います。福島第一原発事故のあと、原発再稼働を巡って既に一〇件を超える原発裁判がなされてきました。その大半は民事事件で、原子力規制委員会の設置変更許可処分の適否を正面から問題にした裁判は、本件訴訟を含め、数えるほどしかありません」

桧垣が陳述する姿を目にするのは初めてだが、本件訴訟の陳述というより、原子力訴訟全体についての発言のようだ。先生が生徒に上から目線で講釈を垂れるようで鼻白む思いがした。

「我が国の原子力は、政財官からなる利益共同体、所謂原子力ムラによって推進されており、残念ながら、最高裁判所もその流れに与《くみ》していると言わざるを得ません。原発訴訟において、原告側勝訴の判断を下すことは、この強大な原子力ムラの意向に反することになり、裁判官にとって大変勇気の要ることでしょう。しかし、憲法は『すべて裁判官は、その良心に従い独立してその職権を行い、この憲法及び法律にのみ拘束される』と規定しています。将来、原発災害が起きたとき、それを許した裁判官として名を残すか、それとも国民を救った裁判官として名を残すか、皆さんは今重大な岐路に立たされています。皆さん方が、裁判官の初心に立ち返って判決を下されんことを願ってやみません」

以前、河井が言っていた通り、原発訴訟の仕掛け人として司法に一矢報いたいのだろう。桧垣の思いとしては後輩の裁判官に向かって、最高裁の軛《くびき》から自らを解き放てと諭《さと》したつもりだろうが、後輩の心に響くものがあっただろうか。良心に従い云々と桧垣がいくら正論を吐いても、仮執行の申し立てを乱発するやり方は司法手続きに則っているとはいえ到底承服できないはずだ。桧垣を見つめる森川裁判長の無表情な顔からは窺い知れないが、事務総局経験者としての矜持に揺るぎはないものと信じたい。

引き続いて、河井が国側の最終意見陳述を行った。

「裁判所が本件について判決を下す際に、是非、念頭に置いていただきたいと思う点をご説明したいと思います」

河井もそう前置きして、これまで主張してきた点をモニター画面に映し出しながら個別に説明を加えて行った。

——伊予原発最高裁判決

原子炉の設置許可処分は技術的専門性が高く、司法判断になじまない。行政庁の自由裁量に委ねるべき。

——カルデラ噴火予知とカルデラ噴火が差し迫っていないことを確認することは異なる。

——モニタリングで注意深く観測し続けることが、唯一の現実的な方法。

——カルデラ噴火予知能力の急速な進歩……

河井の陳述を聴きながら、法廷内に何気なく視線を巡らしていると、傍聴席の端に江崎の姿があった。正面をじっと見つめていた。

(出張だろうか?)

薩摩原発停止のお願いにあがって以来、江崎とは連絡を取っていなかった。停止を知ってお礼の電話をしたときには、本人とはコンタクトを取れず言《こと》付けを頼んで済ましていた。裁判やら火山議連やら忙しさにかまけて、その後、こちらからアプローチすることはなかった。

「最後に、申し上げたいことがあります」

河井の声が一段と大きくなった。

「本件訴訟の控訴人の中には、薩摩原発の運転差し止めを訴えた方々もおられます。仮執行手続きを申し立てた者の中には、地元川内で不動産物件を購入し、新たなビジネスを始めた者もいます。時間的余裕のない切羽詰まった状況にあったからこその仮執行の申し立てだったはずです。このことは、一体どう考えたら良いのでしょうか？」

（よくぞ言ってくれた！）

河井からは事前には聞いていなかったので驚きだった。

「異議あり！」

突然、葛西が立ち上がり、河井を指差して大声で叫んだ。

「被控訴人は関係のない発言をしております！」

葛西は、これまで見せたことのない険しい表情で河井を睨みつけた。

桧垣は、葛西の隣で腕を組み、口をへの字に不機嫌そうな顔をしていた。

「関係ない話をすんな！」「司法制度を冒涜《ぼうとく》するのか！」と傍聴席が俄然騒がしくなった。

「傍聴席、静粛に！」

森川裁判長が語気鋭く注意するが、騒《ざわ》めきは収まらなかった。

森川裁判長も二人の陪席も顔を顰めていた。

河井は構わず続けた。

「原発訴訟弁護団連合会は、本件訴訟のみならず、すべての原子力発電所の再稼働に対して、運転差し止め訴訟を組織的に起こし、仮執行を立て続けに申し立てています。裁判制度を玩《もてあそ》んでおり、不謹慎極まりないと思うのは、私だけでしょうか？」

控訴人側がこんなにいきり立つのも、河井の指摘が図星だからだ。仮処分申請本来の趣旨からは程遠く、それをわかっていながら悪用する確信犯なのだ。

「最後に、裁判所が適切な判断を下されるものと確信しております」

河井はそう締め括ると、着席した。

「これで最終弁論とします。判決は八月二十九日午後三時です」

騒めきの余韻が残るなか、森川裁判長がはっきりと宣言した。

時計は、十五時二十分を指していた。

「お疲れ様でした」

五十嵐は河井のこれまでの労をねぎらった。同じく被控訴人席に着いていた訟務検事とも握手を交わした。

「河井さん、私、ちょっと先に行ってます。出口で待っていますから」

そう言って、五十嵐は庁舎の出口の方へ急いだ。

庁舎の一階ロビーから外に出ようとするところで江崎に追いつき、後ろから、

「江崎さん」

江崎は振り向き、五十嵐と目が合うと軽く頷いた。

「出張ですか?」

「ええ、本社に出張で来ましたので」

無表情で声にも張りがなかった。

「こんなところでなんですが、その節はご配慮いただきありがとうございました」

「もう、済んだことですから」

つれない返事が返ってきた。まるで取りつく島がない。

「予定どおり、七月に運転再開できることを願ってます」

気が付くと、河井が横に立っていた。

「よろしいですか？」

そう言って足早に立ち去る江崎の後ろ姿を五十嵐は呆然《ぼうぜん》として見送った。

「まだ早いから、少し歩きましょうか？」

結審した解放感からか、河井の表情は晴れやかだった。

「いいですね。そうしましょう」

庁舎のすぐ北側にある大濠公園の池をかすめて、舞鶴公園に抜けた。途中、ジョギングやサイクリングを楽しむ人達が目についた。市民の憩いの場になっているようだ。

「さっき話していた人は西南電力の方ですか？」

「ええ」

「何かあったんですか？」

「まあ、いろいろあるんですよ」

曖昧な返事に、河井はそれ以上訊いてこなかった。

地下鉄天神駅近くまで来たとき、河井が突然、

「博多ラーメン食べませんか？　前から一度食べたいと思っていたんですよ」

急にどうしたのかと思ったら、通りの少し先に博多ラーメンの看板が出ていた。

「そうしましょう」

まだ時間も早く、店内に客はいなかった。

窓側の席に向かい合って座り、ビールと豚骨ラーメンを注文した。

互いのグラスにビールを注ぎ合って乾杯した。

一仕事終えたあとのビールの味は格別だった。

「判決は大丈夫ですかねー」

一番聞きたい質問をさりげなく投げてみたが、河井は軽く笑みを浮かべるだけで何も言わなかった。

青ネギとチャーシューが載った豚骨ラーメンが出てきた。白っぽい汁があっさりしてうまかった。

「河井さんは、本心は原発賛成ですか、それとも反対ですか？」

汁を啜っていた河井は慌てて蓮華《れんげ》を戻すと、呆《あき》れたといった表情で、

「そんなこと真顔で訊かれたことありませんよ」

「突然、変なこと訊いてすみません」

恐縮する素振りの五十嵐を見つめる河井の目には笑みが浮かんでいた。

「そういうのは判事にとって禁句なんですよ」

河井は呟くように言った。

「裁判官が、巨大噴火が差し迫っているとかいないとか判断を下すのはおかしいと思いません？　裁判官はそういう問題の専門家ではないですから。面と向かって根拠を問われたら、持ち堪える自信が私にはありません。今日の意見陳述で、原子炉の設置許可処分は司法判断になじまないと言いましたが、それに尽きると思います」

「伊予原発訴訟判決ですね」

「最近、技術的専門事項について自ら判断を下そうとする裁判官が目につきます。意欲的で望ましいと見る向きもありますが、私は疑問ですね。自分で理解できないことに判断を下すことに躊躇いを感じないとしたら、思い上がりだと思います。今でも伊予原発訴訟判決が手本とすべき判決だと思っています」

河井は、ラーメンの残りを食べ終えると、姿勢を正し、

「これまで私は訟務検事としてこの裁判に携わってきましたが、立場が明確な分、ある

意味楽でした。しかし、判事に戻ると、自ら判断を下す辛い日々が待っています」

河井はグラスに残ったビールを飲み干し、

「実は、四月一日付で異動することになりました」

そんな予感はしていたので、五十嵐に驚きはなかった。

「そうですか。もうじき三年ですものね。今度はどちらですか?」

「横浜地裁です。引っ越さなくて済みますよ」

河井の笑顔が異動を前向きに捉えていることを示していた。

「よかったですね」

「結審が新年度に入るとまずいなと思っていましたが、助かりました。ありがとうございました」

「こちらこそ」

河井の顔は安堵の表情に包まれていた。

第六章　CEP《セップ》計画

1

新年度に入り、五十嵐は気持ちを新たにしていた。

薩摩原発訴訟は年度末に結審し、あとは八月二十九日の判決を待つだけだ。霧島山御鉢も薩摩硫黄島も落ち着きを取り戻していた。火山議連の動きは気になるところだが、二月の総会のあとは、特に動きは伝わってきていない。

この日午後、五十嵐は経済産業省に赴いた。服部からカルデラ噴火予知の研究プロジェクトの検討に知恵を貸してほしいと言ってきたからだ。正月明けに話を聴いて以来だった。

経済産業省の一階ロビーの案内表示で、服部のいる産業技術環境局技術開発課を確認した。エレベーターを十三階で降り、技術開発課の表札の掛かった部屋に入ると、服部と産技研の中西部門長がソファに座って談笑していた。中西も研究プロジェクトの打ち合わせに呼ばれたという。五十嵐は、昨年見学したときのお礼を述べた。

経済産業省では新年度が始まると、すぐ翌年度の新規施策の検討が始まる。六月頃にかけて要求構想を練り、局内、官房会計課によるヒアリングなどを経て、具体的な予算要求案として八月末に財務省に提出する。

小会議室で長机を二つ並べて、五十嵐は服部と中西に向かい合う形で座った。

服部は用意してきた資料を配った。

『セップ計画（CEP：Cardera Eruption Prediction）』と書かれていた。

「頭文字を取って、セップ計画と名前を付けたんだ。産技研の来年度予算要求の目玉だ」

「セップ計画かー。いいネーミングだな」

こうした大きな研究計画に関わるのは久々だった。経済産業省にいた頃は大型予算によく携わったが、原子力規制庁の仕事は予算とはまったく無縁だ。

「規模はどれくらいなの？」

「一応、年間一〇〇億円で三〇年計画」

「三〇年で、日本列島のカルデラを一通り調べるわけか？」

「日本列島のカルデラ全部を対象とするより、大型カルデラに絞ったほうが現実的ではないですか？」

服部と五十嵐のやりとりを聞いていた中西が口を開いた。

「大型カルデラに絞るとすると、具体的にどこになるんですか？」

服部の問いに、中西は指を折りながら、

「えーと、北から屈斜路《くっしゃろ》、支笏《しこつ》、洞爺《とうや》、十和田、それから九州にとんで、阿蘇、姶良、阿多、鬼界の計八つになります」

「どういう基準で選んだんですか？」と服部。

「これらの大型カルデラは比較的新しく、過去一〇数万年のあいだにおおよそ一万年に一回位の頻度でカルデラ噴火を繰り返しています。ですから、将来再びカルデラ噴火が起こる可能性が高いと考えられます」

「それは中西さんの考えですか？」

五十嵐が質問すると、中西は自信ありげに
「いいえ。火山の専門家なら皆こう考えるはずです」

「それじゃ、当面この八つを対象にしよう。五十嵐もいいよな」

「それしかないだろう」

中西が自信を持って勧める案に反対する理由はなかった。それよりも、八つのうち半分が九州で、しかもすべて薩摩原発の評価対象となっていることに、改めて重い事実を突きつけられたような気がした。

「ところで、セップ計画の意義なんだが」

服部は五十嵐に真剣な眼差しを向けた。

「セップ計画の必要性はわかるが、なぜ気象庁や文科省ではなくて経産省なんだと局内で異論が出ている。その点をクリアしないとヒアリングが通りそうもないんだ。何かいい知恵はないだろうか?」

「気象庁じゃ無理だよ。予算枠にとても収まらないし、そもそも気象庁にこういう大きなプロジェクトをやろうという気概はないよ」

気象庁の松丸課長とのやりとりからして、五十嵐はそう断言できた。

「しかし、それじゃ経産省がやる理屈にはならないだろう?」

「それって、産技研でなぜ地震や火山の研究をするのか、というのと同じ議論じゃありませんか？」

中西が割って入った。

「経産省には、地震や火山の研究は産業技術に含まれないと言う人が昔から多いですからね。産技研の設置法にもちゃんと書いてあるし、工技院時代からずっと続けているんですけどねー」

中西はそう言って嘆いた。

産技研の前身の工業技術院（通称「工技院」）は複数の研究所を傘下に持つ一大研究組織だった。その一つに地質調査所があり、地質関連の研究から地震、火山へと研究領域を広げてきた歴史がある。

「カルデラ噴火予知の設置法上の根拠のありなしが問題ではなくて、経産省がやらなくても、他省庁に任せればいいのではないかと言うんですよ。研究の必要性はわかるが、経産省がやることではないと」

服部は中西に噛み砕いて説明した。

「原子力の推進に不可欠だと本音で論破するしかないんじゃないか」

五十嵐が言うと服部は、

「文科省が学術研究の一環としてやるならいいが、経産省が乗り出すと、カルデラ噴火の危険性を自ら宣伝していることになりかねないという理屈なんだ」

「そんなバカな！」

「まあ、本音をぶつけてみるしかないのかなあ」

服部は浮かない顔で呟いた。

「私から一つよろしいですか？」

中西はそう前置きすると、

「ちょっと気が早いかもしれませんが、これだけ大きなプロジェクトを始めるとなると、コンソーシアムが必要になります」

「コンソーシアムというと、研究組合？」

服部が不審そうに尋ねた。

コンソーシアムとは、科学研究を推進するための連携強化を目的とした協力組織だ。大学や国立研究機関などが中心となって組織し、国際的な科学コミュニティとも連携を取りながら、さまざまな活動を行う。

「ええ、研究組合というと普通は企業がメンバーですが、コンソーシアムは大学や研究機関が主なメンバーになります」

「コンソーシアムと個々のカルデラの研究プロジェクトはどういう関係になるんですか？」

服部の疑問に中西は明確に答えた。

「セップ計画の推進母体としてコンソーシアムがあり、個々のプロジェクト、例えば、鬼界カルデラプロジェクトだと、海底火山観測に強みのある海洋研究所あたりが中心になって研究チームを組織して、阿蘇カルデラだと別の大学を中心に研究チームを組織するといった具合です」

「コンソーシアムは国の予算で作るんですか？」と服部。

「いいえ。会員から会費を徴収して賄います。ですから予算的にはそれほど問題はないと思います。問題は参加機関をいかに募るかです。五月の連休中にキックオフミーティングをやろうと考えてます。毎年この時期に、地球科学連合の大会が都内で開催されるんですよ。火山の専門家が全国から集まるので、そのタイミングを逃さないようにしたいと思います」

「事務局は産技研に置くわけですか？」

「はい、私のところで引き受けます」

「わかりました。コンソーシアムは中西さんのほうで進めて下さい」

「ええ、そのつもりでやってます」

中西は手回しが良く、事務局長には打ってつけの人物のようだ。

「服部、俺からも一ついいか？」

五十嵐がそう言うと、服部と中西は五十嵐に顔を向けた。

「さっきから気になっているんだが……。審議会の答申か何か準備してる？」

「いや、特に……？」

服部はポカンとした表情で首を傾げた。

（やっぱりー）

不安が的中した。服部の話を聞いていて、さっきから何か足りない感じがしていた。セップ計画を立ち上げるための大義名分をしっかり打ち出さないと、このような大きなプロジェクトは認められない。

「これだけ大きな計画だと、セップ計画の必要性を謳った答申か何かあってしかるべきなんだよ。それを拠り所にして予算要求するんだ」

「産技研で去年から検討してきたんだけどなー」

服部は当惑顔だ。

「セップ計画を産技研の一プロジェクトと捉えると、せっかくの構想がしょぼくれちゃうぞ。オールジャパンの計画を目指さないと」

「答申は今からでは間に合わないか？」

「間に合わん。最低でも半年はかかるよ」

「参ったなあ。もっと早く言って欲しかったよ」

服部はがっくり肩を落とした。

「だから一月に早めに知らせたんだぜ。俺は研究予算に慣れてないから、アドバイスしてくれって」

「お前から何か連絡でもあれば、その時点で気がついたかもしれないけどな……」

五十嵐も悔やまれた。一月に研究プロジェクトの話を聞かされてはいたが、火山噴火や訴訟の対応に追われ、研究プロジェクトのことまでは気が回らなかった。

「今からやれることはないの？」

「いずれにしても、セップ計画を産技研単独のプロジェクトではなくて、多くの省庁が参加する政府のプロジェクトに仕立て上げることだ。そのためにも、関係省庁連絡会を立ち上げるなりして、気象庁や大学をセップ計画に取り込まないと」

「それだと猫も杓子《しゃくし》もセップ計画に入ろうとするんじゃないの？」

「産技研の予算で面倒みるんじゃなくて、各省庁の予算枠の中で要求してもらって、セップ計画に取り込むんだよ」

「あっ、そういうこと」

服部はやっと合点がいったようだ。

「あとは、火山議連に後押ししてもらうとか……」

「どういう議連なの？」

「超党派で衆参合わせて五〇人位の規模。カルデラ噴火対策に熱心で、地震予知のように判定会を作るべきだと言ってるんだ。俺はこの議員連盟に関係しているので、多少は力になれるかもしれん」

「具体的にどうするの？」

「まずは、議員さんにセップ計画をよく理解してもらうように、見学会か講演会でもやるとか」

「産技研でも見てもらいますか?」

服部が中西に訊ねた。

「いいですけど、国会議員にはどうですかね?」

中西は首を傾げた。五十嵐も同感だった。産技研を訪問して五十嵐は勉強になったが、国会議員にはインパクトが弱い気がする。

ふと、証人尋問で海洋研究所の大山が鬼界カルデラの研究構想に熱弁を振るっていた様子が頭に浮かんだ。鬼界カルデラは世間の関心が高いし、それに薩摩硫黄島の噴火にも関係している。海底火山だから、「ちきゅう」を使った取り組みになる。

「海洋研究所の『ちきゅう』を見てもらうのはどうかな。清水《しみず》なら日帰り可能だし」

地球深部探査船「ちきゅう」は、海洋研究所が所有する深海掘削船で、母港は静岡県の清水港だ。

「櫓《やぐら》を積んだあのでかい船か?」

服部は目を丸くした。

「そう。鬼界カルデラの研究に『ちきゅう』は欠かせないよ。議員さんも、『ちきゅう』に乗ればきっと喜ぶ」

「いいですね。私も一度乗船したことがありますが、産技研の見学よりずっといいですね」

中西が賛同すると服部は大きな声で、

「よーし、わかった」

「海洋研究所は文科省の所管法人だから、ちゃんと話を通しておけよ。文科省は、旧科学技術庁で原子力を推進してきた役所だから、原発再稼働にも理解があるはずだ」

「了解。これで役割分担決まったね。俺が予算、コンソーシアムは中西さん、火山議連は五十嵐だ」

服部はいつもの元気を取り戻していた。

2

四月十日――

五十嵐は気象庁の松丸課長とともに、参議院議員会館に近藤議員を訪れた。

昨日、松丸から連絡があり、火山噴火対策について至急相談したいとのことだった。議員会館の受付で松丸と落ち合って、カルデラ噴火予知の判定会の話だったら反対の立場で臨むことを改めて確認した。

近藤議員の部屋を訪ねると、広岡議員が来ていた。火山議連には副会長が数名いるが、近藤は、政党は違っても広岡を一番頼りにしているのかもしれない。

応接室のソファで、近藤の向かいに松丸、広岡の向かいに五十嵐が座った。

近藤は、『カルデラ噴火対策特別措置法（素案）』と題したA4サイズの資料を用意していた。法律の目的、定義から始まって、噴火対策強化地域の指定、特別監視の実施、警戒宣言、噴火災害警戒本部の設置、予知研究の強化など、主要項目が列挙されていた。法案の体裁は整っているが、要検討と記され空白になっている箇所も散見された。

松丸が切り出した。

「先生、この素案は大震法を参考に作成されたものと思いますが、火山を地震と同じように考えるのはやはり無理があるのではないでしょうか？　地震の場合は、数時間とか数日前に予知できたら、それを避難に活かすわけですが、カルデラ噴火の予知は、タイムスケール、避難対策が地震とはまるで異なりますから、同じような議論はできないのではないでしょうか？」

いきなりの反対意見に近藤は顔を強張らせた。

今度は、五十嵐の番だ。

「例えば、南九州でカルデラ噴火が予想されると、まず、九州から移住する計画を立てる必要があります。九州全域か南九州に限定するか、いつ移住を始め、いつまでに完了するかとか……。判定会を設置するにしても、その後の具体的な措置が詰まっていなければ、枠組みだけできても意味がないと思います。それよりも、カルデラ噴火の可能性があるかどうかを見極めることに力を注ぐべきではないでしょうか？」

「地震予知判定会も当初は観測データに異常を認めたときに招集されることになっていましたが、結局、その基準に達することは一度もなくて、定例の勉強会のような場になってしまいました」

松丸は、地震予知判定会が当初予期していたようには機能しなかった点を強調した。

五十嵐も松丸の意見に足並みを揃えて、

「日本列島で今後一〇〇年以内にカルデラ噴火が起こる確率は一パーセントだと主張する専門家がいます。その真偽のほどはともかく、もしもそれが正しいとすると、判定会を毎年招集しても毎回空振りに終わるだけです。会合を開く意味がないことは火を見るよりも明らかです」

「ちょっと待ってくれ」

近藤は堪りかねたように右掌を広げ二人を制した。

「地震だって数時間とか数日前に予知するといっても本当はできるかどうかわからないんだろう？　それでも判定会があるわけだ。カルデラ噴火の被害は地震とは比較にならないよ。判定会があってもちっともおかしくないよ」

「確かに、何年とか何十年単位でカルデラ噴火を事前予測して警戒態勢を敷く仕組みはいずれ必要になるでしょう。ただ、今はまずカルデラ噴火予知の研究を抜本的に強化することが先決ではないでしょうか。いま経産省では来年度予算要求に向けて、カルデラ噴火予知の研究を検討しています。三〇年かけて全国のカルデラを精査するのです。その結果、カルデラ噴火が差し迫っていないことが確認できれば、その事実をもって、安全宣言を出すことは可能です」

五十嵐の説明に広岡が興味を示した。

「火山学会は、現在の科学水準ではいつどれくらいの規模で火山噴火が起きるか予知できないと言ってるんだよね。研究を三〇年続ければ予知できるようになるの？」

「いいえ。そういうことではありません。カルデラ噴火がいつあるか予知するのは三〇年後でも難しいでしょう。しかし、カルデラ噴火が、当面差し迫った状況にないことが結果的に確認されることは十分あり得ると思います。いつあるか予知することはできなくても、当面ないと言い切ることはできるのです」

「予知はできないが差し迫っていないことは確認できるという理屈が、ワシにはどうもしっくりこないんだよなあ」

近藤はそう言って、苦虫を潰したような顔をした。

「決して矛盾したことを言っているつもりはありません。二月の火山議連総会でもお話しましたが、マグマが膨大に溜まらなければ、カルデラ噴火は起こり得ません。もしマグマの溜まり具合が確認できれば、カルデラ噴火は近づいているとか当面はないと確信を持って言えるわけです」

近藤も広岡も顔を顰めて、五十嵐の説明に聞き入っている。

「例えば、ミューオンを使ってマグマの様子をレントゲン撮影のように透視します。ミューオンの吸収量を飛来方向ごとに調べることで、火山内部の密度分布を測定するんです。今求められるのは、カルデラ噴火が差し迫った状況にないことを確認し、その事実を発信することではないでしょうか？　そのためには予知研究を進めることが大切です」

「広岡さん、どう思う？」

近藤は広岡に意見を求めた。

「地震予知判定会のように警戒宣言を出す仕組みを作るのか、あるいは当面カルデラ噴火はないと安全宣言を出す仕組みにするかで、法律の骨格がまったく違ってきますから……。ここは思案の為所《しどころ》ですねー」

広岡も悩まし気に額に皺を寄せる。

「法案の国会提出はぎりぎりいつまで延ばせそう？」

「参院選があるので、国会は六月二十五日閉会で延長なしとみないといけないですから……。遅くても連休前には国会に提出しないと厳しいですね」

「こりゃ、間に合わないかなあ」

近藤が弱音を吐いた。

「カルデラ噴火予知研究を進めて、当面差し迫ってはいないかどうか見極める。それが先ではないでしょうか？」

五十嵐が力を込めると、近藤は、

「予知研究を進めても安全宣言を出せなかったら？」

「そのときこそ、この素案にあるように警戒宣言を出す仕組みを考えるべきです」

近藤は苦渋の表情を浮かべていた。


明日から、ゴールデンウィークが始まるとあって、職場はいつもより閑散としていた。

五十嵐もこの日は休暇を取りたかったが、カルデラ噴火対策法案の取り扱いが気になって、やむなく出勤した。昨日、松丸に確認の電話を入れたが、まだ、近藤議員から連絡がないとのことだった。遅くとも連休前にはと言っていたから、今日中に連絡があるはずなのだが……。

退庁時刻も迫り、机の周りの整理をしていた。

せっかく出勤したのに、空振りで帰るのはやるせない気持ちだった。

突然、電話が鳴った。

急いで受話器を取ると、松丸の弾んだ声が飛び込んできた。

『さっき近藤議員から電話がありまして、法案の今国会提出は断念したそうです』

「良かったー！」

五十嵐も声が弾んだ。

よほど大きな声だったのか、遠くの方で、こちらを振り向く者がいた。

『ええ、助かりました』

松丸の安堵の様子も受話器を通して伝わってきた。

『法律だけ作って、あとはよろしくじゃ、困るのはこっちのほうですからね』

松丸の言うのも尤もだ。

「ところで、次期国会はどうなるんでしょうね。法案成立を目指して捲土重来《けんどちょうらい》を期すなんてことにならなければいいんですが」

『その点は何も言ってませんでした。こっちも下手に突っついてはいけないと思って、あえて訊きませんでしたが』

「いずれにしても朗報ありがとうございます。これで心置きなく休暇に入れます」

幹部のスケジュールを確認すると、原口も早川も休暇になっていたので、メールを送っておいた。

3

五十嵐は、東京メトロ本郷三丁目駅を降りて、T大学に向かって急いでいた。カルデラ噴火予知研究のコンソーシアム準備会合に出席するためだ。

連休の合間とあって、行き交う学生の姿もまばらだった。会場の学術交流会館に到着したときは、開始時刻の午後二時を少し回っていた。

受付で参加者名簿に記入し、説明資料を受け取ってから会場に入った。

最後尾に立って場内を見渡すと、一〇〇人以上入れそうな会場で、七～八割方座席は埋まっていた。

正面には、『日本カルデラ噴火予知コンソーシアム・キックオフミーティング』と横断幕が掲げられ、演台を前に服部が挨拶していた。

五十嵐は後ろ寄りの座席に腰を下ろした。

「……以上、セップ計画の概要を説明しましたが、この計画を軌道に乗せるためには研究者の受け皿づくりが必要になります。そのための準備会合を産技研の中西火山研究部門長の協力の下、開催させていただいた次第です」

続いて、中西が演台に立ってコンソーシアムの説明を始めた。

「セップ計画のような大きなプロジェクトを進めるためには、大学や研究機関の組織の壁を越えた研究者間の連携が重要になります。コンソーシアムというと、まだ馴染《なじ》みのない方もおられるのではないかと思いますが、お手元の資料に沿って順番に……」

中西は配布資料を前方のスクリーンに投影しながら説明して行った。

――（仮）名称は、日本カルデラ噴火予知コンソーシアム（C-CEP《シーセップ》：Consorium for Caldera Eruption Prediction）とする。

――趣旨、目的

コンソーシアムは、カルデラ噴火予知を推進するため、産官学の研究機関、法人及び団体並びに研究者等の自発的な運営の下、カルデラ噴火予知の推進に係る企画を提案するとともに、各研究機関及び研究者が実施する活動の有機的な連携を図り、以《も》ってカルデラ噴火予知の進展に寄与することを目的とする。

――会員資格は、正会員、賛助会員、個人会員の三種類とし、いずれもカルデラ噴火予知の研究に積極的に関与・協力する研究者等の非営利組織又は個人とする。

――事務局は産業技術研究所内に置く。……

説明が終わると、服部と中西が壇上で隣り合わせで椅子に座り、参加者から質問を受けた。

何人か手が挙がり、中西が「どうぞ」と前方の席の若い男性を指した。

「セップ計画の内容はわかりましたが、冒頭の挨拶で話のあった年間一〇〇億円というのは本当ですか？」

「このプロジェクトは産技研の来年度予算の目玉です。そう取っていただいて結構です」

服部が力強く言い切った。

「ちなみに、産技研の年間予算は何億ですか？」

「年度により変動がありますが、大体一三〇〇億です」

「ほー！」とどよめきが起こった。

研究費の確保に四苦八苦している研究者にとって、想像を超える額に違いなかった。

前のほうで女性が指名された。

「大学や研究機関がコンソーシアムの会員になる場合、大学単位でメンバーになるのですか、それとも学部や学科単位でメンバーになるのですか？」

「両方とも可能です。大学だと普通は学部単位あるいは付属研究所ごとに会員になるといったイメージです」と中西。

中ほどの席で男性が指名された。

「これは新規プロジェクトでしょう？　本当に予算がつくかどうかまだわからないはずですから、予算がちゃんとついてからコンソーシアムを作ったほうが良いのではありませんか？」

服部は中西と二言三言、言葉を交わしたあと、

「仰ることはわかりますが、この計画は産技研の来年度要求の目玉プロジェクトですので、予算の確保に全力を尽くします」

服部の決意表明に大きな拍手が湧いた。

中西が補足した。

「セップ計画は運用面で事前に検討しておくべきことがたくさんあるんですね。例えば、あらかじめトップダウンで決める研究課題と公募の研究課題をどうマッチさせるかとか、

公募課題の審査の仕組み、あるいは研究のサポート体制、研究成果やデータの保存管理方法などの検討に時間がかかるので、今からでも決して早いわけではないんです」

最初に質問した若い男が、再び質問した。

「対象となる八つのカルデラの説明がありましたが、順番は決まっているんですか？複数のカルデラを同時並行で進めないんですか？」

「順番はまだ正式に決まっているわけではありませんが、西日本方面から先に、多分、鬼界カルデラ辺りから着手することになると思います。申し上げるまでもありませんが、万が一にも大規模な噴火があった際の火山灰の影響などを考えると、どうしても西の方からということになると思います」

中西がそう答えると、突然、会場の真ん中辺りで大きな男が立ち上がった。海洋研究所の大山だった。

「ありがとうございます」

恐縮そうに笑顔を振りまく大山の姿は、鬼界カルデラ研究の第一人者のオーラに包まれていた。

大山の傍《そば》で頭の薄い小柄な男性が立ち上がった。

「私は北海道だから、九州からだと先に定年がきちゃうよ」

場内にどっと笑いが起こった。

その後も質問や意見が相次ぎ、セップ計画への期待の大きさが五十嵐にもひしひしと伝わって来た。

最後に、産技研の中西を中心に関係者間の連絡調整を進めていくことが確認され、会合は終了した。


参加者が皆引き揚げたあと、ロビーのソファで一休みしていると、服部と中西がやってきた。

「盛況でしたね」

五十嵐は中西に声をかけた。

「約七〇名です。思ったより少なかったですよ。やっぱり、竹岡さんが来なかったからかなー」

中西は残念そうに呟いた。

「T大の竹岡教授ですか？」

「ええ、当然出席すると思っていたんですが……。そのために、T大で開催したんですけどねー」

中西は恨めしそうに言った。

「竹岡先生とはどういう関係で？」

「大学の研究室の先輩です。コンソーシアムの会長をお願いできないかと思っているんです」

（えっ！）

証人尋問で顔を真っ赤にして怒りを露にした竹岡の姿が蘇った。学者の集まりであるコンソーシアムの会長に竹岡という考えはわからないではないが、原子力規制庁の立場からすると承服しかねる。といって、経済産業省の研究プロジェクトに原子力規制庁が表立って横やりを入れるわけにもいかないが……。

「そうですかー」

五十嵐は大きくため息をついた。

「他にも候補はいるんじゃないですか？」

中西は当惑顔で五十嵐の顔色を窺った。

「会長の適任者となると他にいないんですよ」

中西は考えを変えそうな気配はなかった。

「実は、竹岡先生は薩摩原発の適合性審査に火山の専門家の意見が反映されてないと言って、原子力規制委員会に批判的なんですよ」

中西は困惑した様子でしばし押し黙っていたが、やがて意を決したように、

「でも、竹岡さんは火山学会を代表する人ですから、コンソーシアムには欠かせませんし
普段は温和な感じの中西だが、この日は違った。

「せっかくですから、これから竹岡さんの研究室へ行ってみませんか？」

中西はそう言うやいなや、席を離れてスマホで電話を始めた。

「竹岡先生って？」

服部が怪訝そうに五十嵐に呟いた。

「薩摩原発訴訟で控訴人側の証人になった人だよ。以前は、規制委員会にも協力してくれたんだが、今は酷く批判的なんだ」

「ふーん、中西さん、大丈夫かなー？」

服部も不安げだ。

「まあ、火山学会を代表する人であることは間違いないが……」

まもなく中西が戻ってきた。

「いました。大丈夫そうです。さあ、行きましょう」

中西に強引に誘われる形で、竹岡が所属する地震・火山研究所に向かった。T大学の広大なキャンパスの端に位置するので、歩いて十五分ほどかかった。

竹岡研究室は、地震・火山研究所二号館の四階にあった。

中西は扉をノックして開けると、「中西です」と言いながら、中に入って行った。五十嵐と服部もあとに続いた。

ポロシャツ姿の竹岡は部屋の一番奥の執務机でパソコンに向かっていた。

「さっきまで、学術交流会館でカルデラ噴火予知研究のコンソーシアム準備会合をやってたんですよ」

「あー、案内が回ってたね。君がやってるの?」

「ええ、産技研にコンソーシアムの事務局を置く予定です。竹岡さんにも参加してもらいますよ」

「私はもう現役じゃないよ。でもウチの若手は皆参加すると思うよ」

「オールジャパン体制を作るためにも、竹岡さんには会長になっていただかないと」

「あんまり先走らないでくれよ」

二人はよほど気心が知れているのか、軽妙なやりとりを交わした。証人尋問のときと同じ人物とは思えなかった。

「あのー、こちらは経産省の服部課長、産技研の予算を握っている方です」

中西が冗談めかして紹介したあと、服部は名刺を交換した。

「それから、原子力規制庁の五十嵐さん」

五十嵐も名刺を交換した。

五十嵐は竹岡の証言をじっくり観察していたわけだが、竹岡はそのことには気づいていないようだった。

「ちょっとプロジェクトの概要を説明させてもらえませんか?」

中西が頼むと、竹岡は快諾した。

四人は窓際の作業用テーブルで向かい合った。

準備会合と同じ資料を使って、服部がセップ計画、中西がコンソーシアムの概要を説明した。竹岡は特に質問することはなく、資料にじっと集中していた。時折、説明より先回りして資料に目を通していた。

説明が終わると、竹岡は真向かいに座る服部に面と向かって訊ねた。

「これは産技研のプロジェクトですか？」

「ええ。産技研の予算として要求します」

「これだけのプロジェクトはとても一省庁ではできないでしょう」

「産技研の予算ですが、実施するのは産技研の研究者だけでなく、全国の大学や研究機関の研究者も含みます」

竹岡は、今度は五十嵐に顔を向け、

「原子力規制庁も関係するんですか？」

「はい」と答えるのはまずいと思い、五十嵐は咄嗟の判断で、

「このプロジェクトは、特定の省庁の施策ではなく、経産省はじめ気象庁、文科省、内閣府、原子力規制庁など、多くの省庁が関係しています」

「原発再稼働にお墨付きを与えるためではないんですね」

竹岡は、服部と五十嵐に交互に鋭い視線を飛ばした。

「そういうことはありません」

五十嵐が強く否定し、服部も歩調を合わせるように、

「このプロジェクトは経産省が進めるもので、その成果をどう活用するかは、各省庁次第です」

「計画そのものには大賛成ですよ。ただでさえ、火山噴火の研究予算は少ないですから」

竹岡はそう言うと、五十嵐に向かって、

「こういうプロジェクトをやって、日本列島にカルデラ噴火は当分起こり得ないんだと確認できてから原発再稼働すればいいのにねー」

原子力規制を軽んじたような竹岡の言い振りが、癇《かん》に障《さわ》った。

「原子力発電所には四〇年の運転制限がありますから、それだと間に合いません」

五十嵐が強い口調で言うと、竹岡はすかさず、

「そういう考え方自体が、すでに原子力ありきでしょ！」

（しまったー！）

不用意な発言をして揚げ足を取られてしまった。

竹岡は五十嵐に鋭い眼光を放って、

「原子力規制委員会は薩摩原発の審査でカルデラ噴火は差し迫っていないと勝手に判断したでしょ。我々火山の専門家には何の相談もなしに」

証言のときと同じ主張に、五十嵐は必死に反論した。

「しかし、現実にカルデラ噴火は差し迫った状況にはありませんよね。一九世紀以前には、富士山の宝永《ほうえい》噴火かそれ以上の噴火が毎世紀、数回は発生していたが、二〇世紀には、桜島大正噴火と北海道駒ケ岳噴火の二回しかない。竹岡先生も含め、多くの火山学者がそう口を揃えているじゃないですか。これは紛れもない事実ですよ」

竹岡は顔を真っ赤にして、

「火山噴火がいつどの程度の規模で起きるか予知することはできないんだよ。予知できないのに差し迫っているとかいないとか言えるわけないでしょ！」

五十嵐には言い訳としか思えなかった。

「その論理は逃げではないでしょうか？　カルデラ噴火は予知できないとか、いつあってもおかしくないとか、世論に阿《おもね》るような発言を繰り返し、誹謗中傷される恐れのない安全な立場に身を置く。そういう風潮が、東日本大震災以降、地震学者や火山学者のあいだに蔓延《はびこ》っています。そう思いませんか？」

五十嵐は、「あなたのことですよ！」と喉元まで出かかったがかろうじて抑え込んだ。

「まあまあ、今日はこれくらいにしませんか。いがみ合うような話じゃないでしょ！」

中西が身を乗り出すようにして割って入り、竹岡と五十嵐を諫めた。

「経産省と原子力規制庁、元はといえば、同じ組織なんだよ」

竹岡は独り言のように呟いた。

4

五月末——

「海から眺める富士もいいもんだね」

「絶景とはまさにこのことですなあ」

雲一つない初夏の陽射しが眩《まぶ》しい。晴天に映《は》える富士山の姿に、皆感嘆の声を挙げている。

清水港に停泊中の「ちきゅう」を、火山議連の一行が視察に訪れていた。

服部が文部科学省を通じて、海洋研究所に頼み込んで実現したものだ。服部の誘いで、五十嵐も随行していた。

「『ちきゅう』は、全長二一〇メートル、幅三八メートル、総トン数五万七〇〇〇トンの世界最高の掘削能力を持つ探査船です」

海洋研究所の大山研究首席が、この日の視察対応に、横須賀の研究所本部からやってきていた。二〇名を超す視察団の中で、ひときわ大柄な大山のボリュームのある声が響いた。

船体中央部の青い櫓が威容を示していた。先細の四角柱をした櫓は、高さが海面上約一二〇メートルもあるという。

「パイプでどうやって掘るんですか?」

若い男性議員が尋ねた。

「櫓の下に穴が開いています。そこからドリルパイプを繋ぎながら降ろして海底に達したら、回転させながら掘り進めるんです」

「櫓のてっぺんに登れないものかね」

頭の禿げ上がった年配の議員が冗談交じりに言った。

「作業員は登りますけど、眩暈《めまい》を起こしたり足が震えて立ち竦《すく》む方もいますけど、どうしますか？」

「やっぱり、やめとこう」

年配議員と大山のやりとりに、どっと笑いが起こった。

「船を同じ位置に維持するのは大変でしょう？」

年配の女性議員が言った。

「スクリューが複数ついていて、それでコントロールしているんですよ。黒潮が流れる日本近海は流れが速いので大変です」

「台風のときはどうなさるの？」

「一定以上の風速になるとドリルパイプと船を切り離して、避難することもあります」

次から次へと投げかけられる質問を大山は上手にさばいていく。

広岡議員が集団を離れて、ゆっくり歩き出した。のんびり遠景を楽しんでいるようだ。

五十嵐は広岡に歩み寄り、低頭しながら、

「広岡先生。原子力規制庁の五十嵐です」

「やあ、君かー」

「先日の打ち合わせでは、勝手を言いまして、失礼しました」

「判定会はまだ詰めが甘かったね。近藤さんは熱心なんだが……」

「今日は、近藤先生はいらっしゃらないですね」

「選挙で地元に戻ってると思う」

「改選でしたか」

参院選の投票日は七月十三日の日曜日が有力視されていた。

「そういえば、今日は野党の先生が少ないようですね」

「皆、選挙で必死なんだよ」

「広岡先生は改選ではないんですか？」

「違うよ。改選だったらここにいないよ」

広岡は白い歯を見せて笑った。

ヘリデッキを降りたあと、操舵《そうだ》室、居住区域を通って、研究棟のコア試料切断場所（コア・カッティング・エリア）と表示された区域に案内された。

大山は要所要所で立ち止まって、説明を加えた。

『ちきゅう』の最大の目的は、海底地層のサンプル、コアと言いますが、それを採取することです。引き上げられたコアは長さが約一〇メートルありますので、櫓から研究棟へ入れる前に一・五メートルの長さに切断します。コアの内部がどうなっているか外からの観察だけではわからないので、切断したコアは、X線CTスキャナにかけられます」

その後、ビデオルームに移動し、見学者用のビデオを観た。

「国際深海科学掘削計画（IODP：Integrated Ocean Drilling Program）は、地球や生命の謎の解明に挑戦する壮大な多国間科学研究協力プロジェクトです。日本とアメリカが提供する掘削船を用いて、世界中の海底を掘削して地質試料（掘削コア）の回収・分析や孔内《こうない》観測装置の設置によるデータ解析などの研究を行います」

IODPに続いて、「ちきゅう」の説明ビデオが続いた。

「地球深部探査船『ちきゅう』は、IODPの主力船として、巨大地震発生の仕組み、生命の起源、将来の地球規模の環境変動、新しい海底資源の解明など、人類の未来を開くさまざまな成果をあげることを目指します」

ビデオが終了すると、服部がスクリーンに向かって居並ぶ一行の前に進み出て挨拶した。

「本日はお疲れ様でした。予定していた見学はこれで終了とさせていただきますが、最後に、少しお時間をいただきまして、この『ちきゅう』も関係します研究計画をご紹介させていただきたいと存じます」

服部が挨拶しているあいだに、五十嵐はセップ計画の説明資料を各議員にすばやく配って回った。

「経済産業省では、カルデラ噴火予知を目指した本格的な研究を来年度からスタートします。カルデラ噴火予知の頭文字を取って、セップ計画と名づけました。年間一〇〇億円で三〇年計画……」

八つの大型カルデラを対象にすること、火山学者の総力を結集する仕組みとしてコンソーシアムを設立することなど順次、説明が続いた。

「……まだ検討不十分な点も多々ありますが、来年度要求に向けて全力を傾けていく所存です。先生方のご理解、ご支援を賜りますようお願い申し上げます」

続いて、五十嵐が補足した。

「ただいまの説明にありましたように、セップ計画の目的、意義につきましてご理解いただけたものと存じます。今後三〇年にわたって着実に計画を進めていくためにも、セップ計画は、毎年の財政事情に左右されるようなものであってはなりません。そのためには、セップ計画を法律でしっかりと位置付けるのも一法かと思います」

五十嵐はさらに続けた。

「当議員連盟では、カルデラ噴火対策法案の国会提出を検討されたと承知しております。私も法案の骨子を拝見しましたが、その中に、カルデラ噴火予知の判定会の設置と並んで、研究開発の強化という項目がありました。法案の今国会提出は断念されたと思いますが、カルデラ噴火対策としては、判定会の設置よりも、こうした研究開発強化のための立法措置がより強く求められているのではないでしょうか？」

「立法措置って、法律で何を決めるの？」

若い男性議員から質問が出た。

「セップ計画の詳細な計画を策定し、それに則って毎年度の進捗状況を国会に報告するよう義務づけるのです。できれば、数年ごとの予算額も法律の条文中に明記し、計画を確実に実施できる仕組みができればなおさら良いと思います」

「そういう例は他にあるの？　財務省が反対するんじゃないの？」

「仰る通りです。具体的にはっきり書ければそれに越したことはありませんが、当然、財務省は強く抵抗するでしょう。法律でどのように定めるかはいずれにしても慎重な検討が必要です」

五十嵐の熱弁に、広岡が応じた。

「研究プロジェクトだけを抜き出した法律というのもユニークなアイデアだとは思うけどね。立法措置の話は、来年度の予算措置がある程度固まってからでも遅くないんじゃないかな。役所の状況を適宜聞かせてもらいながら当連盟でも検討してみたい」

副会長の広岡の前向きな発言なだけに、五十嵐は勇気づけられる思いがした。

「これからも適宜検討状況をご説明させていただきますので、改めてご支援賜りますようお願い申し上げます」

服部は最後にそう締め括って、深々と頭を下げた。

「えー、最後に私から一言言わせて下さい」

大山が一行の前に進み出て、喋りだした。

「セップ計画では、薩摩半島の南の鬼界カルデラが第一号プロジェクトの有力候補です。鬼界カルデラは七三〇〇年前にアカホヤ噴火を起こし、南九州の縄文文化を壊滅させました。この『ちきゅう』を使って、鬼界カルデラの全区域から隈《くま》なくコアを採取できるかどうかが、プロジェクトの成否の鍵です。僕からも支援をお願いします」

盛大な拍手が湧き起こった。

5

七月六日――

参議院議員選挙が一週間後に迫っていた。

選挙の争点は景気対策と財政再建が中心だった。原子力は話題になっても主に経済面の話で、原子力の安全性、とりわけ、火山対策について取り上げられることはなかった。こんなことなら薩摩原発二号機を停止するまでもなかったのではないかと思えて仕方なかった。

五十嵐は、リビングのソファでコーヒーを飲みながら朝刊を読んでいた。

政治欄には選挙の最新情勢が載っていた。民自党が引き続き単独過半数を維持できるかどうかが焦点だったが、達成する可能性は高そうだった。

北海道選挙区の欄に近藤孝則議員の名前があった。『無所属の新人に追い上げられ苦戦』と書かれていた。

『それでは最後に、エネルギー政策について各党から簡潔に述べていただきます。まず、民自党の鈴木《すずき》さん』

テレビでは、各党代表による政治討論が行われていた。

『福島第一原発事故から十四年になります。我が党は、原子力を基幹電源の一つとして位置付け、原子力規制委員会の厳しい安全審査を経た原発について、安全運転に努めてきているところです』

(代わり映えしないなあ)

話を聴いていて、深いため息が出た。

エネルギー基本計画を改定するたびに、原子力の位置付けを明確に打ち出すよう各方面から求められてきたが、いつまで経っても新たな政策を示せない。まったく無為無策のまま一〇余年が過ぎてしまった。

「民自党のこの話を聞いていると、いつもじれったいのよねー。原子力を進めたいのかやめたいのか、はっきりしないのよ」

隣のソファでテレビを見ていた道子が苛立ちを口にした。

「同感だよ。この話になると不思議と意見が合うんだよなあ」

五十嵐が笑いながら言うと、道子もつられて笑った。

原子力について道子と議論になると、大概意見が異なるが、国の政策がはっきりしないという点に関しては、意見が一致するのだ。

「ところで、空翔君から最近連絡はないか？」

「ないわね。就職のこと？」

「うん。いま学生の官庁訪問の時期なんだ。原子力規制庁にも結構来ている」

国家公務員の採用に当たっては、夏に筆記試験合格者の官庁訪問が行われる。学生が志望する官庁に赴き、業務説明や面接を受けるのだ。

「原子力規制庁は勧めなかったから、経産省に行ってるかもしれないな」

「どうして原子力規制庁は勧めなかったの？　安全の仕事のほうがいいわよ。親戚だとやりにくいから？」

「それもあるけどな。国家公務員になるんだったら、やっぱり経産省のほうがいいよ」

「受験したのは確かなの？」

「正月に会ったときは受けると言ってたから、そりゃ受けてるよ。まあ、決まれば連絡してくるだろう」

『……次に、国民民生党の広岡さん』

（あっ、広岡さんだ）

淡いブルーのジャケットを着た溌剌《はつらつ》とした姿は、テレビ映りも良かった。

資源エネルギー対策委員会で原子力政策を鋭く批判していた姿が蘇った。

『我が国は現在、電源の七割を火力発電に依存しています。東日本大震災の前に比べまだ二割も高いのです。高効率だからといって、石炭火力をいつまでも続けることは許されません。早く化石エネルギーから脱却しなければなりません。政府は温室効果ガス排出量を二〇五〇年度までに実質ゼロにすると高い目標を掲げています。脱炭素という目標自体は素晴らしいのですが、残念ながら、実行が伴っていません。政府は目標を定めたら、断固やり遂げなければなりません』

論旨明快で歯切れの良い発言が続いた。

『政府目標を再生可能エネルギーだけで達成できるという人がいます。私は、再生可能エネルギーだけで安定的にエネルギー需要を賄うのは無理だと考えています。原子力発電の一定の寄与が不可欠だと思います。原子力は、核不拡散、使用済み燃料の処理、廃棄物の最終処分などさまざまな問題を抱えています。これらはすべて、最終的には国が責任を持って対応しなければならない困難な問題です。政府民自党が原子力に真正面から取り組まずにこれからも及び腰を続けるなら、いつまで経っても問題は解決しませんね』

野党とは言え、広岡議員の主張には共感できる点が多く、聞いていていて溜飲《りゅういん》が下がる思いがした。

七月十四日、月曜日――

「民自党勝ちましたね」

廊下ですれ違いざま、五十嵐が声をかけると、早川は「ホッとしたよ」と笑顔で応えた。

前日行われた参議院議員選挙で、民自党は引き続き単独安定過半数を維持した。

「火山議連の近藤議員は落選でしたね」

「あっ、そう?」

早川は知らなかったようだ。

「無所属の新人に僅差で敗れました」

早川はニンマリして、

「またカルデラ法案を国会に出すとか言われると、難儀だしなあ」

近藤の落選を知って喜びを隠し切れない早川に、五十嵐は違和感を覚えずにはいられなかった。確かに、近藤はカルデラ噴火対策の判定会設置に拘りすぎる嫌いはあるが、松丸や五十嵐の意見にも耳を傾ける柔軟な面もある。原子力にも一定の理解があり、原子力規制庁にとって蔑ろにできない人物だ。

この日、五十嵐は定時に退庁すると、千代田線の国会議事堂前駅で途中下車し、参議院議員会館に向かった。

玄関ホールが近づくと、選挙後の慌ただしい光景が繰り広げられていた。トラックが何台も駐車場に待機し、運送業者が台車に載せた段ボール箱を積み込んでいた。玄関に入りエレベーターホールに向かう途中、白や紅白の胡蝶蘭《こちょうらん》が所狭しと置かれていた。

近藤議員の部屋に着くと、開いた扉を通して、半袖シャツ姿で首にタオルを巻いた近藤の後ろ姿が見えた。

「先生！」と五十嵐は叫んだ。

近藤は振り向くと、一瞬間をおいて、

「おー、君かー！」

五十嵐は、どう声を掛けたものか迷ったが、

「このたびの選挙、残念でした」

と言って、深く頭を下げた。

近藤は部屋の入口に佇《たたず》む五十嵐に歩み寄って、

「原子力規制庁の五十嵐君だったね。政治家は選挙に落ちればただの人なんだよ」

近藤は気丈に振る舞ったが、声にいつもの張りがなかった。

「カルデラ法案ではご迷惑をおかけしました」

五十嵐はまた低頭した。

「いいんだよ。それより、こうして落選議員にわざわざ挨拶に来てくれて……」

近藤が差し出した両手に、五十嵐も両手で応え硬く握りあった。

「ありがとう」

近藤の目は潤んでいた。

6

服部からセップ計画の予算のことで至急相談に乗ってほしいと電話が入ったのは、八月上旬、令和八年度概算要求のシーリング枠が示されて間もない頃だった。

シーリング枠とは、毎年度の予算編成に当たり、分野ごとの要求額の上限を設ける仕組みだ。七〜八月に閣議了解を経て提示され、各省庁はシーリング枠に沿って八月末までに概算要求する。来年度のシーリング枠は例年になく厳しい内容だった。

五十嵐は、部内会議を途中で抜け出して、経済産業省に赴いた。

会議室の片隅に置かれたソファで向かい合うと、服部は開口一番、

「五〇億円に大幅カットだよ！」

服部が悔しそうに示した内示額は、次の通りだった。

――（セップ計画）命和八年度概算要求額（一次内示）内訳
――総額　五〇億円
――内訳
――地球深部探査船「ちきゅう」の運用経費　二〇億円
――薩摩硫黄島観測施設整備　一五億円
――竹島観測施設整備　四億円
――桜島火山観測設備整備費　四億円
――その他　七億円……

結構ついている。それが、内示額を見たときの五十嵐の第一印象だった。

服部から電話を受けたときは気落ちした様子だったが、それほどでもなく安心した。年度当初に一〇〇億円、三〇年と言っていた規模は半減したが、予算の仕事とはそういうものだ。最初は大風呂敷を広げても、査定が近づけば現実的な姿に落ち着く。

ただ、気になる点もあった。

「『ちきゅう』の運用経費がなぜここに入っているの？」

「文科省が譲らないんだ。『ちきゅう』を使うのはいいが、無償で貸すわけにはいかないと。『ちきゅう』の運用経費は、あくまでＩＯＤＰのためのもので、他の目的には使えないと言い張るんだ」

「文科省に吹っ掛けられているんだよ。『ちきゅう』はＩＯＤＰだけでなく、他の目的にも使えるはずだよ。そうではないと言い張るなら、鬼界カルデラの研究をＩＯＤＰのプロジェクトとして認定させる方向に話を持っていくんだよ。そうやって、『ちきゅう』の運用経費を海洋研究所に出させ、浮いた分は観測施設の整備費に回すんだ」

「五〇億円の内訳が変わるだけじゃないのか？」

「お前、やっぱり予算がわかってないな。『ちきゅう』の運用経費がセップ計画関連経費に計上され、全体額は膨らむんだよ」

「それだとセップ計画とＩＯＤＰのダブル計上にならないのか？」

「このプロジェクトは、産技研に計上される予算を増やすことより、政府全体のセップ関連予算を増やすほうが重要だよ。他省庁の関連プロジェクトを掻《か》き集めて、政府全体で一〇〇億円、三〇年を目指すんだよ」

「なんだか人の褌《ふんどし》で相撲を取るみたいだな」

「それでいいんだよ」

服部は、セップ計画を産技研のプロジェクトと捉える狭い了見から抜け切れていなかった。最初に相談されたときに言ったつもりだが、よく理解できてなかったようだ。セップ計画の要となるのは産技研だが、いかに他省庁を取り込んで、政府全体のプロジェクトに仕上げるかが肝心なのだ。

「関係省庁連絡会はやってないのか？」

「……」

「他省庁のセップ関連の概算要求額は把握できてないんだな」

「各省庁とも要求額が固まってないから、まだだよ」

「早くしないと間に合わないぞ！」

五十嵐は服部に発破をかけた。

服部は憮然とした表情で、

「わかったよ」

「それじゃ、俺はこれで失礼するよ」

五十嵐が立ち上がろうとすると、服部は、「もう一点いいかな」と言って引き留めた。

五十嵐はソファに座り直した。

「コンソーシアムのことなんだが……」

服部は浮かない顔をして切り出した。

「中西さんがうまくやってるんじゃないの？」

「設立準備は順調に進んでいる。八月末に霞が関ビルの会議場で発足式をやる予定だ」

メンバーはすでに一〇機関以上集まっており、規定類の整備など事務的な作業もほぼ終えたという。

「ただ、会長がまだ決まっていないんだ」

「T大の竹岡教授じゃないの？」

「中西さんがお願いしてるが、なかなか了解してくれないらしい。今度、俺も一緒にお願いに上がるが、お前どうする？」

「俺なんか行ったら話をぶち壊しちゃうよ」

五十嵐は躊躇うことなく断った。

「俺はあくまで黒子だから、表に出ないほうがいいよ」

服部はしばらく考えたあと、「まあ、そうかもな」と納得した様子で、それ以上は勧めなかった。

「竹岡さんには、セップ計画はあくまで経産省のプロジェクトだというスタンスで臨めよ。原子力規制庁は、研究成果は活用させてもらうがセップ計画に直接は関与しない。いいな！」

「さっき言ってた話と違うじゃないか」

「時と場合によって使い分けるんだよ」

服部は言葉とは裏腹に目が笑っていた。

「概算要求の締め切りまでもう一カ月ないぞ。頑張れよ！」

服部を激励して、その場を後にした。

その日、帰宅すると、道子が開口一番、

「きょう空翔君から電話があって、中芝《なかしば》に就職することにしたんですって！」

「中芝ー？」

五十嵐はびっくり仰天した。

中芝は、米国の原子力発電子会社ウェスタンホールディングズ（WH）の買収がきっかけで経営危機に陥り、原子力事業から撤退した会社だ。福島第一原発の廃炉に取り組んではいるが、かつて原子炉を納入したメーカーとしての責任から取り組みを余儀なくされているのが実態だ。よりによってなぜ中芝を……。

民間企業を選ぶなら北海電力に入ることもできただろうに。積丹原発もようやく再稼働が見えてきたというのに……。

早速、電話した。

「空翔君、東京の叔父さんだけどね。中芝に就職するんだって！」

『ええ』

「公務員試験は受けなかったの？」

『受けました。筆記試験は通ったんですが……』

「官庁訪問は？」

『しませんでした』

「どうして！」

思わずきつくなってしまった。

『気持ちが変わったとしか……』

「公務員でないんなら北海電力だってあるんじゃないの？」

『電力会社に入って原発の運転に従事しても、古い技術を使い回してるだけのような気がして……。もっとチャレンジングな課題に取り組みたいと思いました。そういう意味では廃炉かなと』

「うーん？」

廃炉と聞いた瞬間、耳を疑った。

しかし、考え方としては筋が通っているかもしれない。廃炉というと電力を生み出すわけではなく、どうしても後ろ向きのイメージが付きまとう。だが、廃炉が原子力のより重要な課題になっていくことは間違いない。技術的にも原子炉の運転よりチャレンジングだ。空翔は、きっとそのほうがやり甲斐があると判断したのだろう。

『廃炉といっても、普通の原発の廃炉じゃなくて、福島第一原発の廃炉が一番チャレンジングで挑戦してみたいと思いました。これをやり切らないと、原子力には明日がないような気がして……』

（そうか！　それで中芝に！）

五十嵐は気持ちを揺さぶられた。

福島第一原発に対する思いが、五十嵐の意識の中で徐々に薄らいできていたのは間違いなかった。再稼働の安全審査に携わり福島第一原発に直接関わる立場でなかったことも影響していよう。しかし、理由はともあれ、我々世代が廃炉までしっかりやり切り、空翔たち次の世代には原子力の負の遺産ではなく未来を託すのが、本来あるべき姿だ。そのことを空翔によって教えられたのだ。

「わかった」

そう言うしか他に言葉はなかった。空翔の決意を覆《くつがえ》すような理屈はなかった。

「お母さんにはよく相談したんだね」

『はい』

「それなら安心だ。東京勤務になるのかな?」

『まだ、わかりません』

「何かあったら遠慮なく連絡してね」

四半世紀前、経済産業省に入った頃の自分と比べ、空翔はずっと冷静な目で原子力を見据えていた。

7

八月二十九日――

霞が関ビル最上階の富士の間に火山の専門家が集まり、日本カルデラ噴火予知コンソーシアム（C-CEP）の発足式が開かれていた。五十嵐も関係者の一人として、後方の椅子に腰かけて、式典の模様を眺めていた。

五月の連休中に開かれたキックオフミーティングのあと、産技研の中西を中心に準備が進められ、今日の発足に至った。

産技研、T大学理学部、T大学地震火山研究センター、海洋研究所など、合計一五機関が、設立当初の会員として名を連ねた。

会長には竹岡が就くことになった。中西と服部が揃ってお願いに上がって、ようやく了解を取り付けたのは、お盆過ぎだったという。

事務局は産技研、事務局長は中西が務めることとなった。

「日本カルデラ噴火予知コンソーシアム発足に当たりまして、竹岡会長よりご挨拶申し上げます」

進行役の中西がアナウンスすると、最前列、中央に座っていた竹岡は、マイクの前に進み出て一礼した。

「最近、富士山が噴火した場合の被害想定が世間の関心を呼び、数多くの検討がなされています。宝永噴火と同程度の噴火が起こった場合に、火山灰がどの範囲にどの程度の被害をもたらすか、さまざまなシミュレーションが行われています。また、桜島などでも同様の試みがなされています。こうした防災に対する取り組みが強化されることは誠に意義深いものがあります。

ただ、私ども火山学者が本当に恐れているのは、カルデラ噴火です。鬼界カルデラの噴火から七三〇〇年、次に日本列島で起こるカルデラ噴火は、いつ、どこで、どのように、日本という国の行く末が懸かっているといっても過言ではありません。こうしたなか、セップ計画が来年度からスタートし、今日、こうしてシーセップが発足したことは誠に時宜《じぎ》を得たものだと思います。

カルデラ噴火を予知することは困難です。しかし、カルデラ噴火に至る可能性を事前に把握できた例は、これまでにもないわけではありません。シーセップが中心になってこの難題に挑戦することを願ってやみません。今日お集りの方々のますますの活躍を期待しています」

大きな拍手が湧いた。

挨拶の最後のくだりは、竹岡が以前よく語っていた内容だ。現在の科学水準ではカルデラ噴火は予知できないと断じる乱暴な考え方とは、明らかに一線を画している。五月のシーセップ準備会合のあと、話のちょっとした弾みで言い争ってしまったが、竹岡の考えは決して原子力規制委員会と相容れないものではないと五十嵐は確信した。

「続きまして、経済産業省の服部技術開発課長から、セップ計画の概要について、説明いたします」

服部は、マイクの前に進み出て、セップ計画の概算要求について説明を始めた。

「ただいま、ご紹介いただきました、経済産業省の服部でございます。私は産技研の予算を所管しておりますが、来年度概算要求の中で、セップ計画を目玉に……」

突然、背広の内ポケットでスマホが震えだした。

(来たっ！　判決に違いない！)

もう連絡が入るのではないかと、さっきから気になっていた。薩摩原発訴訟控訴審の判決が今日午後三時に言い渡されることになっていた。コンソーシアム発足式と重なったため、法務室の鎌田補佐に代わりに出張してもらっていた。

急いで、会場の外に出た。

『統括、勝ちました！』

鎌田の声が飛び込んできた。

「よし！」

五十嵐は拳を握りしめた。

『主文で、「本件控訴を棄却する。訴訟費用は控訴人らの負担とする」と裁判長が読み上げて、すぐ閉廷しました』

「法廷は荒れた？」

「一瞬、怒号が飛び交いましたが、裁判官らが法廷を出ると、すぐ収まりました」

「よーし。わかった。ご苦労さん」

大丈夫だろうとは思っていたが、実際にこうして判決が出てみると、努力が報われた気がして、改めて嬉しさが込み上げてきた。

部屋に戻ると、懇親会が始まろうとしていた。

広岡議員がグラスを手に、マイクの前に立っていた。

「……火山研究の益々の隆盛を祈念しまして、乾杯したいと思います。ご唱和願います。乾杯！」

「乾杯！」と歓声が上がった。

皆、グラスを手に、てんでに動き出した。

大山が竹岡と親しそうに話し始めた。服部が竹岡と大山のあいだに入ると、そこに数人の輪ができた。大山の笑顔は、背の高い分、どこにいてもよく目立つ。

広岡議員がやってきて、五十嵐と目が合った。

「盛況だね」

五十嵐は頭を下げながら、

「お蔭様で。『ちきゅう』のご視察、ありがとうございました」

「火山究者にとっては、こうした大きなプロジェクトが始まるというのは大変なことなんだね」

広岡は感心したように言う。

「ええ、そうだと思います。セップ計画も、火山議連で後押しいただけると心強いです」

「『ちきゅう』で言っていた研究開発強化の立法措置かね」

「はい、そうです。仰っていただければ、いつでもご説明に上がります」

「また、連絡するよ」

広岡はそう言うと、人だかりのするほうに歩いて行った。

背後から肩を突かれた。

振り向くと服部だった。

「どうしたの？」

「ちょっと、いいかな」と、場外に誘い出そうとする。

服部について外に出ると、男性が立っていた。

「江崎さん！」

思わず大声が口を突いて出た。驚きのあまり、その後の言葉が続かなかった。

「明日付で本社に戻ることになりました」

紺色の背広姿の江崎は、頭を下げながら丁寧に離任の挨拶をした。

「そうですか。今度はどちらに？」

「経営企画本部長です」

「ご栄転、おめでとうございます」

江崎の顔は綻《ほころ》んだ。

「二号機停止の件では、大変お世話になりました」

五十嵐は思い切って口に出して、頭を下げた。

「こちらこそ。大人気なく失礼しました」

江崎もそう言って頭を下げた。江崎もやはり心に引っ掛かっていたのだ。

「無事、運転再開して良かったですよね」

「ええ、お蔭様で」

薩摩原発二号機は今月中旬に、営業運転に入っていた。

「さっき、控訴審勝訴の連絡があったんですよ」

「あっ、そうですか！」

江崎の顔に嬉しさがいっぱいに広がった。

「江崎さん、私も資源エネルギー庁に異動したら、また、お世話になります」

服部が二人のやりとりを横で見ていて言った。

「こちらこそ。それでは、私はこれで失礼します」

江崎はそう言うと、踵を返してエレベーターに真っすぐ向かった。

エレベーターのドアが開き中に入ると、ドアの閉じ際に江崎はまた深くお辞儀をした。

五十嵐も慌てて、お辞儀を返した。

「良かったな」

服部が五十嵐の肩を叩いた。

「ああ、助かったよ」

「昨日、異動の挨拶に立ち寄ってくれて、そのとき、五十嵐によろしく伝えてほしいと言うので、今日午後ここに来ると伝えたんだよ。そうしたら、江崎さんも顔を出すと」

「今日は、久しぶりに飲みたいな」

五十嵐が誘うと、服部は、

「俺もだよ、これが終わってからな」

と言って、部屋に戻って行った。

五十嵐は窓際に歩み寄った。

こうして霞が関官庁街を眼下に見下ろすのは久しぶりだった。

判決は大丈夫だとは思っていたが期待どおりだったたし、思いがけない形で江崎と蟠りも解けたし、五十嵐は体中から力が漲ってくるのを感じていた。

「宴たけなわではありますが、懇親会は、取りあえずここで中締めとさせていただきまして……」

会場から、中西の声が聞こえてきた。

エピローグ

二年後の夏――

五十嵐は、ＪＲ札幌駅で下車すると、北海道経済産業局が入居する第一合同庁舎に向かった。エレベーターで五階に上がり廊下を進むと右側に資源エネルギー部長室の表札が掛かっていた。扉を開け、女性秘書に名刺を差し出し用件を告げると、すぐ中に案内された。

「よう、久しぶり」

執務机に向かっていた服部は、五十嵐の姿を見るなり右腕を高く掲げ、満面の笑みを浮かべた。

「随分、立派な身分になったな。俺なんか未だに大部屋だよ」

五十嵐が冷やかすと、服部は応接ソファに移動しながら、

「地方に赴任したときだけだよ」と謙遜する。

女性秘書が、冷たいお茶を二つ運んできた。

「こっちに来てどれくらいになる?」

「もうじき一年。お前も異動したんだろう?」

「ああ、二カ月前に審査課長になった。一応、規制部の審査グループの筆頭課長なんだ」

「重責じゃないか。前のポストで楽をしたから、今度はしっかり仕事をしろということだろう?」

服部は冗談交じりに言った。

「だって、薩摩原発の行政訴訟は、最高裁の審理はなかったんだろう?」

「上告しなかったからな」

薩摩原発の設置変更許可取消訴訟は、令和七年八月二十九日の福岡高裁判決で敗訴のあと、控訴人側は最高裁への上告を断念した。

「最高裁で火山噴火問題について結論めいた判断を示されると困るんだよ。原告の真の狙いは、民事訴訟で仮執行を申し立て原発停止に持ち込むことだからな」

「なるほど」

服部は頷いた。

「前のポストでは、初めの頃は訴訟や噴火対応で大変だったが、その後はセップ計画を楽しませてもらったよ。お前を横から支援する立場だったが、気持ちの上で妙な達成感がある」

「俺もそうだよ。研究開発予算の経験がなかったのに、こんなに大きなプロジェクトを立ち上げたんだからな。五十嵐様様だよ」

二人は声に出して笑った。

令和八年度に関係省庁を含め約七〇億円でスタートしたセップ計画は、その年の通常国会で、カルデラ噴火予知研究特別促進法が成立し、法律の裏付けのあるプロジェクトになった。火山議連の広岡議員が中心になって、議員立法を実現した。その過程で、五十嵐は服部とともに、火山議連や広岡議員を裏でサポートしたのだ。

「俺たち二〜三年でポストを変わっていくだろ。予算を伴うプロジェクトなんか立ち上げても、そのあと続くかどうかわからない。そこへいくと、セップ計画は法律に位置づけてあるから強いよな。しっかりと足跡を残せた気分だよ」

「近く、鬼界カルデラで『ちきゅう』の掘削が始まるそうだよ。産技研の中西さんから連絡があって、海洋研の大山さんの研究グループと一緒に乗船するらしい」

服部はグラスのお茶をうまそうに飲んだ。

「今後の抱負を聞かせてくれよ」

「四〇年問題が喫緊の課題だよ。なんとか、制度に風穴《かざあな》を空けたいと思っている。期限を撤廃して原子炉の状況を個別に判断する形にして、原子炉を稼働してないあいだは年数をカウントしない制度にするとか……。以前、早川さんにもこの話はしたことがあるんだ。そうしたら与えられた仕事に専念するようにと一喝されてしまったよ」

「あっはっはっはー。早川さんらしいな」

服部は破顔一笑《はがんいっしょう》した。

「ところで、早川さん、まだいるの？」

「いや、昨年次長を最後に退官して、今は私大で教授をやっている」

「そりゃ、いいとこ見つけたな」

「専門は危機管理」

「ふーん。原子力だと退官後引き受け手がなさそうだけど、危機管理の専門家ということなら引く手あまたかもしれないな。俺たちもそう長くないから、第二の人生をそろそろ考えないとな」

二人は声に出して笑った。

席を立って窓際に歩み寄った。

「あの林のように盛り上がった辺りがH大だろう？」

「ここからだとよく見えない。今から行ってみるか」

合同庁舎を出て五分も歩くと、キャンパスの南東側の角に着いた。

交差点で信号待ちしてると、デモ隊に出くわした。『積丹原発三号炉再稼働阻止』と書かれた垂れ幕を掲げながら通り過ぎて行った。

「積丹原発の再稼働が俺の目下の最重要課題なんだよ」

デモ隊を見詰めながら、服部が呟いた。

積丹原発三号機の再稼働が来年あたり始まる見通しになっていた。実現すれば、東日本大震災で停止して以来、実に十四年ぶりだ。

平成二十一年に営業運転を開始したが、まもなく東日本大震災に遭い、その後ずっと停止していたのだ。

「親父が積丹原子力発電所の初代の発電課長だったんだよ。それで俺は原子力に進んだんだ」

「そりゃ、初耳だな」

「だから、積丹原発には思い入れがあるんだ。しっかり頼んだぞ」

三十年前に卒業して以来、滅多にキャンパスを訪れたことのない五十嵐は、自然とポプラ並木に足が向かった。木々のあいだを吹き抜ける風もさわやかで、秋がすぐそこまで迫っていた。

松崎忠男　まつざき・ただお

1953年生まれ。東京大学工学部卒業、米国ペンシルベニア大学大学院修士課程修了。旧科学技術庁に入庁。文部科学省で科学技術行政などに携わる。デビュー作『小説　1ミリシーベルト』で第4回エネルギーフォーラム小説賞を受賞。

原子力規制官僚の理《ことわり》

2021年4月12日第一刷発行

著者　松崎忠男
発行者　志賀正利
発行所　株式会社エネルギーフォーラム
〒104-0061 東京都中央区銀座5-13-3 電話 03-5565-3500
印刷・製本　中央精版印刷株式会社
ブックデザイン　エネルギーフォーラム デザイン室

定価はカバーに表示してあります。落丁・乱丁の場合は送料小社負担でお取り替えいたします。

 ISBN978－4－88555－514－5